Trans+

Trans+

Trans+

Trans+

Strange & Mesmerizing

브로콜리 펀치
Punch! 青花菜的重擊
李有梨短篇小說集

作者
李有梨 이유리
譯者
張雅眉

目錄

作者序

給臺灣的讀者

大家好！很高興認識大家，我是小說家李有梨。這篇文章，還有《Punch！青花菜的重擊》竟然在臺灣出版了，真的很神奇又新鮮，而且我真的很開心。

寫完小說後我總是很好奇，這些文字會怎麼走到各位讀者的面前？此刻我人在韓國首都首爾，日期是二〇二三年八月十九日，時間是晚上十一點。今天這裡的天氣很晴朗且炎熱。我早上吃了披薩，下午吃了辣炒小章魚。現在穿著輕便的衣服坐在房間裡寫這篇文章。翻開這本書的各位正在哪個時空呢？希望你們是在很舒適又熟悉的地方，而且最好是用很舒服的姿勢來閱讀。我是帶這樣的期待寫下這本書的。

本書收錄了我過去十年來寫的故事，包含出道作品〈紅色果實〉。不過很神奇的是，全部集結成冊後我才發現，這些講的全部都是關於愛的故事。以後我大概也會再寫很多關於愛的故事。你們呢？正在付出愛嗎？你們正在用什麼樣的方式愛著什麼？希望總有一天能夠聽到各位的故事。

總之，我真心希望在遠處的讀者也能津津有味地閱讀這些愛的故事。感謝你們的閱讀！

紅色果實

爸爸曾經跟我說過，等他火葬後，要把他的骨灰拿去種花。這真的是荒謬至極。不過爸爸本來就很常講這種荒唐的話，所以我也沒放在心上，只是隨口應了聲好，等到我察覺這件事真的很奇怪的時候，已經把爸爸的骨灰罈擱在膝蓋上，坐在返家的公車裡。

公車裡有幾個和我一起在火葬場前的公車站上車的人，他們不是已經哭過，就是正在哭，或是看起來快哭了。跟他們相比，我就像是一個抱著便當提袋，彷彿要去哪裡郊遊的人。這念頭冒出來後，突然覺得真的就這樣去郊遊似乎也不錯，天氣非常好，正吹著涼爽的微風，再加上腦中浮現住家附近的公園，還有公園旁的三明治店，肚子似乎跟著餓了起來。我決定比預計下車的地點再多坐一站，改在公園前面下車，於是抬頭看了一下公車路線圖。然而，那時某個坐在後面的人開始大聲抽泣，再次搞壞了我的心情，所以最終還是沒去成公園。

在家中找到骨灰罈，大概是火葬後又過了兩個季節的時候。我把放在櫥櫃深處的骨灰罈誤認成麵粉，甚至還挖了一湯匙吸吸鼻子探聞味道。那原本只是平凡的櫥櫃，單純用來儲藏食品的。雖然不知道骨灰罈到底是怎麼跑到那裡去的，但幸好沒有真的吃下肚。我隨意蓋上蓋子，暫時將骨灰罈擱置在流理台上。不過這裡似乎也不是什麼好位置，因為我每次站在抽油煙機底下抽菸時，都覺得骨灰罈相當礙眼。後來在某個悠閒的早晨，我端詳了它好一陣子，才發現原本以為是玉製的骨灰罈，其實是用加工的塑膠刻意製成玉的質地。不知道為什麼，我同時還想起了當初爸爸那個荒誕無稽的請求，於是一邊抽菸一邊想著，按照他的要求去做，似乎也不是什麼困難的事。

爸爸在生前也經常講些荒謬的話，但他開始生病後，狀況又變本加厲，有時候我甚至能肯定，他純粹是為了要折磨我才那麼說的。像是突然說想吃炒蟹，把我派去西海岸買；又問李錦姬為什麼沒有上《早晨院子》（*AM Plaza*）[1]，要我去KBS問問看；在電視上看到模仿日式建築的居酒屋時，還曾經吩咐我晚上偷偷去放火把店家燒掉。不只如此，當我氣著回嘴，說如果我去放火被逮捕，誰要來照顧爸爸，明明他自己一個人連廁所都去不了時，他就「咻」一聲地猛然轉過身去，超過半天連一句話都不跟我說，等到了傍晚才又開口：「那個啊，說到彩椒，紅色的彩椒和黃色的彩椒有什麼不同？」我洗碗洗到一半停下來，用沾了肥皂水的手在手機上搜尋後告訴他，紅色的能改善骨質疏鬆，黃色的能舒緩高血壓。

當然我也不可能每天都維持好臉色，偶爾也會發點脾氣。有一次爸爸從被子下拿出摺得皺巴巴的兩萬元鈔票塞到我手中，要我幫他買十隻金魚回來。我懶得跟他多說廢

1《早晨院子》為韓國KBS電視台自一九九一年起於周間早上播放的談話性節目，李錦姬主播於一九九八年自二〇一一六年擔任該節目主持人。

話，只是老老實實地買了十隻價值兩千韓元的金魚回來。結果他拿著金魚，要我帶他去廁所。但是他進去後待在裡頭好一會兒都不出來，我好奇他在幹嘛，稍微朝裡頭一探，發現他在浴缸裡裝水，把金魚放進去，一隻隻撈起來放在手中，一邊搓揉撫摸一邊仔細觀察。「爸你瘋了嗎？」我大聲質問。爸爸一臉正經地轉頭看我，說：「聽說人的手碰到魚會把魚燙傷，我好奇是不是真的才想實驗看看。」我站在廁所的門檻上愣了一會兒，又再次大聲地喊：「花樣有夠多的！真是無奇不有！」

不過爸爸絕不是那麼好欺負的人，每次我發脾氣的時候，他都有一張可以拿出來用的王牌，他總是會在需要的時候拿出來充分運用。那是在我六歲時，爸爸帶我去游泳池的某個夏日發生的事情。我在水位及膝的兒童泳池裡，而爸爸則待在成人泳池裡，我們各游各的。我在兒童泳池裡很快就玩膩了，於是便起身往成人泳池走過去，結果地面濕滑導致我直接滑入池子裡，那天偏偏又是平日上午，游泳池裡只有我和爸爸。

即使現在年過三十，我依然記得那瞬間發生的所有事情——每一塊嵌在游泳池天花板邊角上的方形玻璃窗，都有一層層雨水流過後殘留下來的沙塵污垢；帶著漂白水味的池水侵入我身體所有孔洞，強迫我的血液就範，企圖占據我的身體；為了找到踩在地上的熟悉觸感，我全神貫注，焦急地往下一直踩，整個人備感無助，這些事情我都記得一清二楚。除此之外，回想那天的事情時，我不僅像是落水的那個自己，同時也像是在泳池的天花板上注視所有過程的那個自己，可以轉換到旁觀者的視線看著在水中掙扎的我，那個畫面同樣相當清晰——一個戴著紅色圓點泳帽的醜女孩，正逐漸在溺死。我彷彿在注視雪花球內的物品那般，整個看得非常清楚。

然而，關於那天的事，我卻有個地方怎麼也想不起來，就是爸爸救了我的畫面。那同時也是爸爸唯一有印象的地方，爸爸說他一看到我掉進泳池裡，就立刻游過來把我撈上岸。爸爸的王牌武器就是這個。每當我發脾氣，或是不答應爸爸的請求時，他就會把那天發生的事情拿出來講。說我小小的身軀是如何軟綿綿地貼在他脖子上，而我為了呼吸又使出多大的力氣把爸爸的頭往下壓，他說著說著，最後一定會嚴肅地補上一句：「當初如果不是我，妳一定會溺死。」當然我也不甘示弱，有幾次頂嘴回去，爸爸救自己的女兒有什麼好拿來炫耀的。奇怪的是，爸爸聽到我這麼說後就會閉上嘴巴，周遭圍繞著沉重的氣氛，最後總在清晨跑去便利商店買椰子水，或是打電話給廠商，問他們為什麼電風扇的扇葉只會往左邊轉。

雖然爸爸已經去世，但每次看到孤零零地放在流理台上的骨灰罈，之前與爸爸相處的情緒就會浮上心頭。不過和爸爸還活著時不同，我只要無視那感受即可，所以也不至於特別不舒服。我把骨灰罈移到陽台放著，心想哪天有去良才洞時，再繞到花市去看看，然後就把這件事給忘了。但奇怪的是，到了隔天，我彷彿本來就規劃好似的，早上起來吃過早餐，簡單化點淡妝就搭上往良才洞的公車。我在車上稍微打了瞌睡，直到整個清醒過來後，才察覺到自己中計了！

結果那天我買了一袋黑土和一棵乾癟的樹回家，黑土看起來都差不多，但這棵樹上只長了幾片厚厚的葉子，越看越普通。我在花市裡的大店鋪前探頭探腦時，身材圓胖的大叔老闆出來問我要找什麼，我總不能回他：「我要在爸爸的骨灰裡種東西，什麼植物比較適合？」所以支支吾吾地答不出來。於是老闆說：「那就買這個吧！」然後推薦了一棵種在塑膠花盆裡，長得歪七扭八的樹給我。它應該有名字，但我聽完就忘了。老闆說賣我五千韓元，我便掏出五千給他，然後把樹帶回家。

回到家後，我在客廳地板鋪了報紙，把骨灰罈拿過來。我先將裡面裝的東西倒出來，接著再用燒熱的錐子在底下戳出排水的孔洞，然後把骨灰和土攪和之後重新裝回去。爸爸的骨灰只有一點點，而且沒有磨得很細緻，中間還混雜了一些手指甲大小的粗短骨頭碎片。我極度排斥碰到那些碎片，但同時又有點想用指尖摸摸看。最終後者勝出，我伸手撿了其中最大的一塊，拿在手上滾來滾去，又拿到燈光下端詳，我甚至在想這塊骨頭不知道是爸爸的哪個部位。結果到了傍晚，我才將樹種進混了土和骨灰的花盆裡，也就是之前還是骨灰罈的那個東西。然後像平常種植新植物那樣充分澆水後，讓花盆斜斜地靠在陽台上，看著泥水從裡面緩緩流出來。

事情都處理完後，我用熱水把手洗乾淨，整個人疲憊不堪，那天早早就上床睡覺了。隔天我就完全把花盆的事忘得一乾二淨，之後也沒再注意過它。在這過程中，本來長得很難看的樹木自己成長茁壯，樹梢長出油亮亮的新葉，猶如透著淺綠色光澤的皮革，莖幹也越來越粗壯。某天，我坐在客廳摺衣服時，突然聽到爸爸的聲音從陽台傳過來。

「水。」

我嚇了一跳，在原地愣了一會兒，然後才一邊碎念：「搞什麼，這不是跟人還活著時一樣嗎？」一邊起身去裝了半杯冷水澆在花盆裡。爸爸滿足地用葉子緩緩點頭，把水全都喝光。

爸爸後來長得很快，我還換了兩次花盆，它水也喝得很多，只澆一杯根本不夠。它越長葉子越茂盛，莖幹也變得更粗壯，現在長得很好看，已經無可挑剔。雖然稍微修掉一些雜枝或是枯葉，看起來會更漂亮，但我只要一提到這件事，爸爸就會大聲尖叫，開始裝模作樣，所以我只好投降，放任它肆意生長。早知道會這樣，我就買更小巧可愛的幼苗回來了。雖然偶爾會感到後悔，但爸爸大多時候心情都很好，需要的也只有水和陽光，跟生前的爸爸比起來還是好照顧多了。

不過爸爸還是爸爸，依然和之前一樣，偶爾會做些奇怪的事。真不知它是怎麼看的，還是沒有看只用聽的，總之它要我把它移到電視機前，之後它就在那看了一整天的

《韓國美食旅行》。又或是跟我說根部的地方似乎有蟲子，要我幫它抓出來看看。我不喜歡指甲裡卡進泥土的感覺，所以跟它說之後再幫它弄。結果它從未忘記，又把當初游泳池的事件翻出來講：「以前啊，我還是人的時候，妳在游泳池，戴著點點花紋的泳帽……」「好啦！我知道了。」結果我套上塑膠手套，把爸爸整個拔出來，仔細檢查根部的狀況，當然，那裡什麼都沒有。

我的工作是翻譯法文小說或隨筆，換句話說我是自由工作者，所以總是待在家裡工作，而且案件斷斷續續的，有很多時候是在家裡閒著。最近翻譯的是一位無名作家的小說《蘋果》，書中的主角是一名相信自己是蘋果的法國女性。那女人出生後，從能夠獨立思考開始，就一直認為自己是顆蘋果。因此，她不是用走的，而是用滾的；她不化妝，而是把皮膚擦得透亮，另外她只喝乾淨的水來維生。某天，她在路上看到賣現榨果汁的攤販，殘忍的畫面讓她當場昏過去。她醒來後發現，自己在昏倒的時候受到衝撞，所以摔成兩半，每半邊各自占據了一張病床。果核和種子全部露在外面，她為自己的模樣羞愧不已，但沒過多久她又陷入極端的精神混亂。因為身體分成兩半的同時，她的精神彷彿也跟著被剖半，連她自己都搞不清楚，她的思考、意識和想法到底是在這半邊，還是在那半邊。

儘管經過精心的治療，那女人還是逐漸腐爛，最終在醫院的病床上結束自己的一生。臨終前雖然有低聲向醫師說了幾句話，但醫師完全聽不懂，就在醫師反問回去的剎那，女人停止了呼吸。女人最後的台詞被隨意處理成一串字母，醫師心想那大概就是蘋果的語言，不禁難過了起來。我翻譯到這裡時，覺得實在太不像話，忍不住笑了出來。這種惹人發笑的內容竟然是蘋果的語言，爸爸即使變成了樹，依然很會講話，像是「開個窗戶吧」、「去幫我買可樂」等。

總之我正在翻譯這種荒誕的故事，大多輕鬆隨意地做，偶爾心情好時，就會勤勞工作。而在我工作的期間，爸爸都做些什麼呢？它會待在洗衣機上方努力曬太陽，等太陽移到其他位置，它就會大聲叫我：「有珍啊！徐有珍！」我把法語辭典呈人字型翻開來反蓋在桌上，然後走到陽台去把爸爸移到陽光下。這樣爸爸就會安靜下來，而我會繼續工作。

不用照顧生病的爸爸後，我的時間變多，工作的效率也跟著提升，跟以前相比，稍微多賺了一些錢。每次譯稿費進帳時，我就會去買一件連身洋裝，或是買牛肋排回來醃。後來我自己一個人吃覺得不好意思，所以也替爸爸買了插在花盆裡的黃色植物營養劑，爸爸喝著那個說它彷彿回到年輕的時候，相當高興。爸爸年輕的時候究竟是指嬰兒時期，還是種子時期？我想著想著，覺得自己也彷彿被分成了兩半，變得很混亂，於是只好作罷。有好一段時間，我和爸爸就這樣過著平靜的日子。

過了個年，我的極短髮也長及肩膀，變成了中短髮，而爸爸本來只有口琴那麼高，現在也長得像小提琴那般大了。這時，我已經非常習慣和變成樹的爸爸一起生活，爸爸也對成為一棵樹的生活相當習慣。當然，我們偶爾仍然會吵架、拌嘴，我甚至還想過要不要一刀把樹給砍了，但大部分時候我們都相處得還不錯。

身形變大後，爸爸開始對陽台生活感到厭倦。起初我幫它打開窗戶，讓它呼吸外面的空氣，也讓它看看風景。它看到喜鵲、鴿子，還看到爬在紗窗上的椿象，覺得很開心，但沒過多久又膩了。後來，在某個陽光明媚的春天，它終於開口哀求：「有珍，我們出去吧！我想出去。」我問它，是不是要把它拔出花盆，它說：「不是那樣，我只是想出門走走。」「嘿咻。」我把整座花盆抱起來後，發現沒有想像中沉重，但也不到可以抱在懷中來來回回走動的程度。於是我放下花盆，說：「爸，這太重了，感覺不行耶！」爸爸聽了之後相當失望，葉子都垂了下來。它就這樣沒再說什麼，所以我繼續用吸塵器打掃地板，順便還洗了衣服。我站在陽台大力甩乾衣服時，爸爸突然開口說：「很久以前啊，記得嗎？妳六歲的時候，掉進水裡，妳為了活命，唉呦，一個小不點，還把我的頭壓進水裡。」

隔天我到住家附近的雜貨店，買了個大小適中的運貨車回來。說是運貨車有點誇張，其實它的設計非常簡單，就是一塊塑膠板上裝了輪子和手把，稱作手推車應該比較適合。爸爸看到我買那個回來後，開心到連葉子都在抖動。用那個載爸爸出去，看起來就像在推嬰兒車一樣。實際外出後，顛簸的地面雖然有點難走，但總歸還是能帶爸爸去散步。「去公園吧！不對，還是去公車站吧！我還想去電影院！」爸爸摩娑著葉子，興奮地大聲嚷嚷。我擔心別人會聽到爸爸講話，一邊悄聲要求他降低音量，一邊推著手推車走。之所以這麼做，是因為我擔心別人聽到後，會跟NASA和國家情報院說這裡有會講話的花盆，或是有一堆像《世界有奇事》[2]那樣的節目團隊跑來採訪，把事情鬧大。

我按照爸爸的吩咐去了公園，也在公車站坐了一陣子，觀看人們上下車的景象。接著跑到電影院看看最近有哪些電影上映，然後回家路上再繞經公園一次。這個路線往後變成我和爸爸固定的散步路線。我每兩天一次，隔久一點，至少每三天一次，一定會把爸爸載上手推車，帶他走這個固定的散步路線。偶爾會在回來的路上買些東西，一起放

2譯注：韓國SBS電視台播出的真人實境節目，內容主要在介紹世界各地的奇人異事。節目全名為《瞬間捕捉，世界有奇事》（순간포착 세상에 이런 일이）。

在推車上載回來。如果遇到下雨天，就會整個淋得濕答答的，那時爸爸就會變得更為翠綠，葉子一閃一閃地發出光芒，彷彿一片片薄薄的祖母綠。

某天我和平常一樣，用手推車載著爸爸慢慢地往公園走去，但在我經常坐著休息的那張長椅上，卻坐著一個正在吃三明治的男人。我把爸爸抱起來，放到隔壁的長椅上，我自己也坐下來，一邊輕輕敲打膝蓋，一邊想著回去的路上也要買個三明治來吃。就在這時候，爸爸突然低聲說：「有珍，妳看看那個，看看那個。」

那時我才看到男人身旁放了一個與爸爸差不多大小的花盆，裡面種了一棵茂盛的樹，它的葉子圓潤且健康。看得出來照顧的人相當用心，樹長得非常好看，我和爸爸不禁「哇」一聲發出讚嘆，偷偷地瞄了好幾眼。不過那個男人似乎毫不在意，他把手上最後一小口三明治塞進嘴巴後，將塑膠包裝紙揉成團，朝稍微有些距離的垃圾桶丟去。揉成團的包裝紙在空中畫出一條非常完美的拋物線後，嗖地掉進垃圾桶裡。我竟覺得某個人丟垃圾的樣子乾淨又端莊，實在是好笑，忍不住勾起了嘴角。那個男人彎腰探入長椅底下，那裡放了一台跟我同款的草綠色折疊手推車。男人俐落地打開手推車後，把花盆放上去，然後像我平常那樣推著手推車走出公園，一邊發出嘎拉嘎拉的聲響。我和爸爸坐在椅子上愣愣地看著男人離開的背影，就那樣在原地待了幾十分鐘。我們那天沒有去公車站，也沒有去電影院，而是直接從公園回家。

再次見到那個男人，是兩天後的事。他這天也坐在同樣的位置上，吃著同樣的三明治，並且在吃完最後一口的時候，一樣把包裝紙揉成團丟向垃圾桶。唯一跟那天不同的是，他今天沒能一次就丟進去。男人露出洩氣的神情，站起身來走過去撿掉在地上的包裝紙，看到他那個模樣，我莫名地覺得開心。

爸爸則是出神地看著男人的花盆，無暇顧及周遭發生的事。我從未想過爸爸會那麼做，所以當爸爸突然說「天氣真的非常棒吧」的時候，我著實嚇了一跳，而男人的花盆用優雅的女聲接著回答「對啊，真的很好」時，我更是不自覺地「啊」了一聲，大吃一驚。那個男人同樣被嚇到了，他嘴裡含著三明治，一邊臉頰還鼓鼓的。他跟我一樣輪流看向爸爸和自己的花盆，當我們四目相對時，他瞪大眼睛歪著頭，彷彿要我跟他解釋似的。「不好意思，我爸爸他……」雖然我是開口說了，但並不覺得這樣有把狀況都說明清楚，然而那個男人卻回說：「原來如此。」這次換我瞪大眼睛，歪著頭看向他，於是男人又說：「這是我媽媽。」並且看向他的花盆，用眼神向我示意。我聽了之後，也回他：「原來如此。」結果男人就像是魔術師一樣，突然憑空掏出一個用塑膠袋包裝的三明治，然後遞給我問我要不要吃。剛好那是我喜歡的鮪魚三明治，所以就跟他點點頭，隨即把三明治放進嘴裡，兩個臉頰都塞得鼓鼓的，很快便吃得精光。

那天之後，我們幾乎每天同個時間都在同個地方見面，那個男人的名字是P開頭，所以他要我稱呼他P就好。興趣是畫插圖，而且那也是他的職業，他畫的插圖大多收錄在童書或幼兒雜誌裡。還聊到了他喜歡抽薄荷菸，咖啡喜歡喝淡拿鐵，比起小狗更喜歡貓咪等個人資訊。

爸爸遇到P的媽媽時，會變得非常聒噪，興高采烈地講東講西，過時的大叔笑話偶爾戳中笑點，P的媽媽就會「哈哈哈」地笑出來。那種時候，我們總是會互相交換奇怪的表情。為了讓它們兩個可以舒心地對話，我跟P提議去繞公園走一圈。等我拖著P散步許久回來後，爸爸氣噗噗地說：「怎麼這麼快就回來了？」而P的媽媽新長出來的嫩葉邊緣則染上了淡淡的紅色。

某天，P邀請我們去他家吃飯，於是我和爸爸一起外出了。那天我穿了新買的連身洋裝，帶一瓶香甜的葡萄酒送給P，也帶了德國製的固態肥料送給P的媽媽。聽說這種肥料只要埋入土中，一次就能用上十年。去P的家之前，爸爸想要打扮得俊俏些，所以就算我拿著修枝剪刀靠近它，它也乖乖地待著。我順利地幫爸爸修剪枝葉，把樹形修得整齊又俐落。

當P打開家門，可口的香味隨著一股蒸氣撲鼻而來。我還沒踏進他的家門，心情就已經雀躍了起來。P的家是間小公寓，格局和我們家十分相似，小小的客廳旁有個陽台，然後還有一間比客廳更小的房間。我第一眼就很喜歡P的家，雖然看得出來是在客人來之前才急忙整理的，但不管是沒有完全擦拭乾淨的房間角落，還是留下零星手印的玻璃窗，又或是四處有刮痕的地板，我都很喜歡。我如實跟P這麼說後，他相當害羞。

P在四人餐桌上擺了幾道親手做的料理，我和P，爸爸和P的媽媽各自面對面坐著吃飯。桌上有四個紅酒杯，P分別倒滿兩杯我買來的紅酒和礦泉水。他把紅酒遞給我，然後把水澆在爸爸身上。P說這就是「澆下去」而不是「喝下去」。明明不怎麼好笑，爸爸卻笑到莖幹都彎了。我奮力吃下好多好多桌上的食物，P不曉得又從哪裡一直拿出美味的食物來填滿盤子，跟我說：「吃吃這個，也吃吃那個。」等我終於清空所有的鍋盤後，P尷尬地搔搔後腦勺說：「啊！香菸都抽完了。」在P提議一起出門去買之前，我已經站在玄關套好鞋子，正在弄平鞋後跟。

在春天的晚上，空氣中飄散著紫丁香的香氣。P喃喃地說，公寓附近的某個地方有種紫丁香，但他也不知道確切位置在哪裡。我回答他：「是喔。」後來兩人好一陣子都沒有說話。我們就那樣一路走到位在公寓社區大門的便利商店，買完香菸回來的路上，我還在想「就這麼沒話可聊嗎」？直到快回到家的時候，P的視線一直往花圃那側看過去，不曉得是不是在找紫丁香樹，但他的嘴巴卻開口對我說：「我們要不要交往？」我回答：「好啊，交往吧！」

隔天我跟爸爸說這件事情，爸爸馬上說：「那太好了。」然後又突然轉移話題：「有珍，妳不覺得最近天氣真的很好嗎？」我察覺到昨晚我和P出門的時候，爸爸也跟P的媽媽說了類似的話，而P的媽媽也給了和我類似的回答。

P和我都不太喜歡在外面晃，所以我們大部分的時間都在P的家裡度過。P的家擺滿了P正在用的畫畫工具，我常一邊拿那些來塗鴉，或是看漫畫書，一邊看P工作的樣子。P的畫作色調溫柔又飽滿，就像P一樣給人很溫暖的感覺。圖畫在白紙上慢慢地出現的過程，我怎麼看都看不膩。P就那樣好幾個小時不發一語地專注畫畫，突然冒出一句「肚子餓了耶」或是「肩膀有些僵硬」，我們就會煮飯來吃，或是出去稍微散個步再回來。

爸爸和P的媽媽相處的模式也和我們差不多。他們彎曲樹枝，朝對方靠近。白天一起曬太陽，晚上一起垂下葉子，就這樣度過一天。我偶爾會瞥到爸爸用帶有厚度且邊緣尖尖的葉子，充滿愛意地撫摸P的媽媽那又小又圓的葉子。因而默默感到丟臉，心想都那麼老了還這麼厚臉皮。

P和我大多是躺在床上準備睡覺的時候才變得聒噪。P寢室的天花板上，貼了幾顆模糊又破舊的螢光星星貼紙，我們躺在那下面聊了很多彼此的故事。我說到小時候跌入泳池，而且爸爸到現在還拿那件事說嘴，P聽了笑到踢開被子。我纏著P，要他也講講他和媽媽的故事。他煩惱了一下要講什麼，後來跟我說了他八歲發生的事情。他在百貨公司鬧脾氣，要媽媽買機器人給他，結果他媽媽把P帶到玩具專櫃的店員阿姨面前，跟他說既然他那麼喜歡機器人，乾脆認那個阿姨當媽媽，然後就自己回家去了。P當時想：「這樣也不錯。」於是就一直在那裡等到阿姨下班，還跟到那個阿姨的家裡去，吃了一頓晚餐，看了動畫片，甚至還睡覺過夜。到隔天配合阿姨上班的時間出門，自己搭公車回家。我聽了笑到肚子痛。當我的睡意湧現閉上眼睛，那時還能聽到爸爸和P的媽媽低聲聊天的聲音。那聲音乘著夜晚的空氣，一路傳進我們躺著的房間裡，聽起來就像是柔和的搖籃曲在催我入眠，引我進入深深的夢鄉。

早上起來走到陽台，看見爸爸的枝葉跟P的母親彼此交纏。爸爸心情愉悅地跟我打招呼：「睡得好嗎？」而我則替他澆了半杯昨天倒好的常溫水，展開新的一天。

爸爸和P的媽媽沒過多久就完全朝向對方生長，而且枝條緊密相纏，如果不折斷，拆都拆不開，幾乎就像是同一棵樹。沒仔細看的話，分不清哪個部分是爸爸，哪個部分是P的媽媽，而且其實也沒必要特意區分。真要說起來，我和P也是結構相似的人類。再加上我長得像爸爸，P長得像媽媽，所以我們四個等於是越來越像彼此，我覺得這也沒什麼不好的。

傍晚，P慵懶地窩在客廳閱讀我翻譯的《蘋果》，我覺得嘴饞，正在煩惱要不要把泡麵弄碎生吃時，爸爸突然說：「孩子們！過來一下。」於是P和我交換了一下眼神後，就往陽台走去。我語帶不善地問：「這次又要叫我們做什麼？」P朝我拋來一個責備的眼神，爸爸則是裝作沒聽到，用很嚴肅的語氣說：「我們打算結婚。」我斜眼偷看P，發現P也在強忍笑意，於是我就放鬆地哈哈笑了出來。P用力戳痛我的側腰，要我不要笑，然後一臉正經地假裝他沒有笑出來。但我也不理會他，只是自顧自地盡情大笑，笑完才問：「為什麼？」爸爸彷彿在等著我問那般，隨即回答：「我們有小孩了。」

爸爸的話讓我想到曼德拉草——樹根長得像嬰兒，從土裡拔出來後會大聲哭鬧，或是電影《星際異攻隊2》裡出現的格魯特寶寶，所以有種不真實的感覺。雖然我一開始是這樣想，但又想到：「講到奇怪，爸爸自己也很奇怪。」這才噗哧笑出聲來。然而，爸爸說的「小孩」跟我想得完全不一樣。P輕輕地撥開茂盛的樹枝後，發現上面掛了一個小小的呈圓錐狀的東西，看起來相當飽滿，那鐵定是花苞沒錯。P的媽媽害羞地低聲說：「明後天應該就會開花。」我和P聽見後看向彼此。P一臉尷尬地說：「恭喜你們。」那個表情實在太搞笑，我癱坐在地上大聲笑出來。

P和我在婚禮隔天，到花市買了那裡最大最好看的花盆回來，然後小心翼翼地把爸爸和P的媽媽拔起來，一起移到裡面去種。換盆後，我穿上漂亮的連身洋裝，P則穿上西裝，全部一起圍坐在餐桌邊，在蛋糕上點蠟燭，配著香檳享用。即使爸爸鬧脾氣說這是生日不是婚禮，我自己還是過得很開心，當心情變得[illegible]微妙時，就喃喃念道：「這難道就是身為兒女的心情嗎？」然後假裝拭淚，把大家都逗笑了。

那天躺在床上時，我說：「這樣我們就變成兄妹了耶！」P聽了之後，用略帶調情意味的語氣說：「那我們要不要來做做看兄妹之間絕對不能做的事？」結果連螢光星星都羞得掉了下來。雖然實際上是因為我們撞到牆壁，它才掉下來的。總之，那個夜晚我們就那樣度過了。隔天早上起床時，發現花朵在一夜之間綻放開來，粉紅色的花蕊上沾滿了黃色花粉，一股又腥又甜的香氣充滿了整個家。

花謝掉後，在那個位置上結了一顆紅紅的小果實。從那天之後，爸爸和P的媽媽幾乎就沒再講過話，它們其中一個偶爾會發出嘻嘻笑聲，或是微微顫動。看來他們現在不用發出聲音，彼此的心意也能相通了。它們已經結合成同一棵樹，這也是理所當然的事。

後來秋意漸濃，果實逐漸成長，一開始只有鈕扣那麼大，過沒幾天就變得更成熟，像是糖果，然後又變得像糯米糕那麼大，連外皮都發出油亮的光澤，整個都熟透了。靜靜地看著時，偶爾會看到它在顫動，用指尖小心地撫摸時，觸感非常柔嫩，相當可愛。我每天都在觀察果實，看它成熟了沒，有時還會輕輕戳它，確認它什麼時候才會成熟，甚至還跟它說話，心裡充滿了期待。

某天傍晚，當果蒂周遭呈現暗紅色，而且果實的大小也變大許多，猶如蜷縮成球的兔寶寶時，P的媽媽大喊：「終於要出生了，要出生了！」我和P聽到後立刻往那邊跑過去。果實表面開始顫動，它正用盡力氣要脫離樹枝。結果我們還來不及出聲反應，果實就「啪」一聲輕輕掉落，咕嚕咕嚕地在地板滾動。我眼睜睜看著它一路往沙發下滾，所幸在滾進去之前，P迅速地伸手抓住了。「溫溫的。」P開口道。

我一伸出手，P就把剛出生的果實放到我的手掌心上。真的像P講的那樣非常溫暖，它明明連眼睛、鼻子、嘴巴都沒有，我還是覺得可愛到不行，有種想搓揉它的臉頰的感覺。我把果實還給P。「不過現在該怎麼辦？」P邊說邊撫弄手掌心的果實。他這麼一問我才發現，自己光是期待果實趕快出生，從沒想過它出生後該拿它怎麼辦，所以我也只能皺著鼻頭與P對望。

果實在P的手心滾動一陣子後，逐漸平靜下來，彷彿睡著了般。於是P小心地拿著果實走到餐桌，鋪了一條帕子後，把果實放在上面。關於要如何處置果實，我和P面對面坐在果實的兩側討論了好一段時間。就這樣放著很快就會爛掉，但又不太想把剛出生的傢伙埋進土裡，種入花盆。再加上問了爸爸和P的媽媽後，他們用非常無所謂的語氣回答：「它是你們的弟弟，你們自己看著辦。」我們一邊揉捏、撫摸著那小子，一邊思考了許久。要這樣做嗎？還是要那樣做？最終，P起身去抽屜拿了一把水果刀過來，提議說：「我們乾脆分著吃掉吧！」

我覺得這主意不錯。P拿水果刀稍微碰到果實的外皮時，完全熟透的那小子瞬間就被剖成兩半，裡面鮮紅色的果肉看起來十分可口。我和P各拿了一半，數到三就把它放入口中。口感軟嫩，香甜多汁，我們睜大眼睛，交換了一個「好好吃」的表情，同時勤勞地咀嚼。把果實咕嚕吞下肚後，嚼碎的果肉順著喉嚨往下移動，感覺癢癢的，而那紅色的果肉很快就撲通掉入胃中，緩緩地化開來，這一切的感受都非常鮮明，就像是用肉眼看見的一樣。

我那天晚上做了一個很奇怪的夢：我在一個看起來像是結束營業的遊樂園中跑來跑去，追著一顆不停滾動的紅球。最後我抓到球，把球放進口袋的瞬間便醒了過來。我早上跟P說了這個夢，他說：「喔喔，這會不會是胎夢啊？」我回答：「是嗎？」

漂流

在遙遠的空中有兩個光點。光點的顏色隨時都在變化，一下子是紅色，一下子悄悄變成粉紅色，接著又變成淺綠色，然後再變成黃色，最後重新變回紅色。我睜大眼睛盯著光點看，嘗試抓準它改變顏色的時機，但每次都徒勞無功。因為它總是悄悄改變，就算我一直盯著它看，還是完全不知道它究竟是從哪裡開始產生變化的。唉，放棄。

比起這個，我應該把注意力放在腳上。雖然肩膀以下的部位已經失去知覺許久，但我現在應該正在努力地擺動我的腳。雖然腳是不是真的在擺動，感覺要伸手摸了才會知道，但目前的姿勢只要稍微歪掉，大概就無法挽回了。沒辦法，我只能相信它有好好在動，然後繼續盯著光點看。不過光點卻越來越小。它的確在變小。剛剛還有拇指指甲那麼大，現在比小指指甲還要小了。不過還是能清楚辨識顏色。紅色、粉紅、淺綠色、黃色，再回到紅色。在這一片漆黑之中，無條件會變回紅色的光點，看著那個，我心裡稍微得到慰藉。

因為紅色是睦亨奎的顏色。

當然，我這樣說，有些人可能會很困惑。不明白在這種時候紅色有什麼意義，或許會覺得我瘋得很徹底。我當然也知道。那個光點不是演唱會的應援燈或氣球，而是掛在仁川大橋最高的橋墩上的兩顆照明燈。但不論是誰，只要是墜入愛河的人，在所有的瞬間、所有的場景，自然都會聯想到對方。即使在漆黑的夜裡被拋入海中，不曉得正漂往何處的此時也是一樣。

沒錯，我現在正緩緩地，漂流在西海的某個地方。緊抱著 RIMOWA 跟 Supreme 聯名的八十五公升紅色行李箱，就像抱著救生圈那樣。

這個行李箱是準備要送給亨奎的二十一歲生日禮物。買這個當作亨奎的禮物真的是非常優秀的選擇。在車子撞上護欄，從仁川大橋上墜落的瞬間，這只行李箱即使衝破窗戶而彈出車外，也沒有任何刮傷，不僅材質堅固，還連一滴水都沒滲入，簡直完美無瑕。為了買下這東西，我還找遍網路，跑遍店家，可以說這一切的努力都相當值得。乍聽之下可能沒什麼，實際上過程真的很艱辛。由於國內沒有庫存，所以我甚至還寄電子郵件給人在加拿大、美國，甚至是在越南的賣家，好不容易找到賣家後，為了在預期的時間內收到商品，還低聲下氣拜託人家，費了千辛萬苦才弄到手。更別提價錢了。RIMOWA的行李箱本來就很貴，這次只不過是在上面印製Supreme的紅色品牌商標，價格就翻倍到能嚇暈人的程度。如果你真的想知道定價，我只能透露它大概等於一般私立大學三四個學期的學費。不過，只要想到亨奎看到這個會開心地蹦蹦跳的神情，就覺得算是便宜的了。因為亨奎的笑容……簡直就是價值一百萬美元的笑容。

一百萬美元大約是十二億韓幣。也就是說，我等於是欠了亨奎十二億，如果要還債，還差得很遠。再加上這個行李箱，應該還了一半有吧？

就算我會死，也一定要把這個交給亨奎。他是個非常敏銳的孩子，只要看到我遠遠地拖著這只行李箱過去，立刻就會察覺這是要送給他的禮物，然後像隻小狗一樣開心地蹦蹦跳跳。「姐姐，謝謝你。我真的很想要這個，妳怎麼會知道？」他應該會在我面前裝無辜。那麼我就會這樣回他：「怎麼知道的？你上次不是在Instagram直播時稍微提到你想要買行李箱嗎？你以後不要再這樣了。有想要的東西，只要偷偷告訴我一個人就好。如果跟贊助的東西衝到就不好了。」然後我會將行李箱的把手塞到嘻嘻笑著的亨奎手中，酷酷地轉頭走掉。如果在這裡拖泥帶水，收到禮物的驚喜程度就會減弱。再加上我還要趕快回宿舍，為明天做準備。要把相機電池充飽電，還要確認記憶卡有沒有清空，當然也不能忘記要再次檢查去演唱會現場的地鐵路線圖。明天不容許失誤。因為明天是大明星睦亨奎的世界巡迴第一天。我有義務盡可能生動又美麗地將那天拍攝下來，然後分享給其他粉絲，流傳給後代。我要按快門按到相機的快門數爆掉，然後抱著連一根毛髮、一片灰塵都要修掉的決心，全心全意地修圖。

亨奎現在已經老練許多，一般規模的演唱會他都能從容地消化，眼皮眨都不用眨。但面對這次的巡迴，似乎就連亨奎都非常緊張。因為這是他第一次的海外個人公演，門票銷售卻不如預期。媒體興奮地炒作起來，大肆報導預測睦亨奎初次世界巡迴是否能成功的內容。還有些新聞肆無忌憚地胡扯，說亨奎這次巡迴如果失敗，偶像生涯就會岌岌可危。亨奎把那則新聞截圖傳過來後，跟我說：「姐姐，我往後一定會讓這個記者不敢吭聲。」我們亨奎竟然在不知不覺中變得這麼勇敢又有擔當！我感動到緊握手機的手都在顫抖時，立刻收到下一個訊息：「如果要做到，姐姐非得幫我不可。妳會幫我吧？」我回訊給他：

「當然，你儘管開口。」

這不是在講空話。只要是為了亨奎好，我什麼事都能做。舉例來說，像是到好市多買一堆巧克力瑪芬回來，然後把體積龐大的瑪芬切半後，藏入用保鮮膜層層包裝的大麻，或是把大麻真空包裝，避免味道外洩後，在上面貼滿印有♥睦亨奎♥的雷射貼紙，偽裝成要送給偶像的普通禮物，然後再藏進行李箱裡。

我得趕快把這個拿給亨奎才行。

亨奎搭的飛機現在大概已經出發了。想到亨奎為演唱會飽受壓力折磨，一直在等著這個瑪芬，我的心臟彷彿快被撕裂了。雖然是不好的東西，但亨奎曾經說過緊張的時候沒有比這個更有幫助的了。啊，如果我害亨奎搞砸了演唱會……。

那種事倘若真的發生，我乾脆就這麼死了算了。

我應該要打起精神，睡意卻一直湧上來。應該是因為海水太冰冷，導致身體失溫才會這樣。我曾經在電影裡看過，生存者高聲大喊睡著就會死的場景。再這樣下去不行。我擠出最後剩餘的一絲力量，從亨奎第一張個人專輯的第一首歌開始唱起。nanana nana nanana 愛情總是像夏天的雨水 nanana nana na……。

橋墩上的光點變得好遙遠，現在只能依稀看見。就像是亨奎和我的距離。我望著遠處的某個東西時，總是習慣性地聯想到亨奎。我的少年亨奎，雖然一閃一閃地相當明亮，卻太過遙遠，別說是整個抓住了，我連把手伸出去都覺得不好意思。不過有人說要抓住了嗎？其實當我陷入的那瞬間就已經明白，他是不能被抓住，而且也無法抓住的光。我在這個地方，在這個可以看見光的地方漂浮，就已經非常幸福了。雖然如果能活下來，把這個行李箱交給亨奎會更好。我用盡手臂的力氣緊緊抱住行李箱，注視著如今只剩下芝麻粒大小的光點。每次變成紅色的時候，我就更加高聲哼唱：nanana nana nananana……。

我無法忘記初次見到亨奎的那個夏天。

六年前，在某個打破最高溫紀錄的酷熱夏日，那天熱到連柏油都融化，沾黏在鞋底。我當時就讀西洋畫系四年級，正在準備畢業作品。那天我也為了購買材料，前往弘大的好美畫房。我正從後巷穿入要走的那條路，卻見一個男孩子在路中間占了一個區塊，正在跳舞。因為那天天氣實在太熱，沒什麼人在圍觀，所以我從遠處就能清楚看見他。男孩個子嬌小，頂著一頭髮根黝黑的金髮，穿著紅色的Supreme Air Force運動鞋，還戴了一副銀色十字架耳環，跟著他的動作一起晃來晃去。放在前方的小音響流淌著音樂聲，那是當時爆紅的歌曲——史奇雷克斯（Skrillex）的〈*Scary Monsters and Nice Sprites*〉。那孩子跟著音樂的節奏，猶如被神靈附身般靈活地凹折、扭動、搖擺身體。我彷彿被栓在原地一動也不動地看著他跳舞的模樣。由於他舞動得太劇烈，導致我在音樂結束，他暫時停下舞步後，才終於看清他的長相。泛紅的臉蛋上汗水淋漓。他大口喘氣，癱坐在地上，我看著那景象，彷彿被什麼給迷惑了般，跑去旁邊的便利商店，買了冰塊杯和礦泉水。我把水倒進杯子裡，往他跑去。

「喝了這個再繼續，你這樣會昏倒。」

那時音響又接著播放其他音樂。不過他並沒有跳舞，而是站在大太陽底下，輪流看著冰塊杯和我。那孩子問：「這是要給我的嗎？」我點了點頭。我並不覺得自己施予了多大的善意，但那孩子的嘴脣卻突然皺成一團。淚水隨即從他帶著雙眼皮的深邃大眼中嘩啦啦地滾落。

「姐姐，謝謝你。真的。謝謝你。非常感謝。」

那孩子用雙手緊握著冰塊杯，低聲說出這話的同時，也把頭低了下來。每當他聳動肩膀時，金色的頭髮都在陽光的折射下發出光芒。

我踉蹌地往後退一步。並不是因為他反應過度而感到驚慌，也不是因為初次見面的陌生人在我眼前哭泣，而是因為我的腦袋彷彿被人重擊般感到暈眩。

雖然我試著用最近偶像的粉絲們說的「意外迷上（結合「交通意外」和「迷上」

的合成語）」四個字來扁平地定義這驚人的瞬間，但在那一刻，我體內流竄著非常複雜的情感，光用這一個詞彙是無法完美詮釋的。我那時有一種預感，我接下來的人生，將會全部奉獻給這個孩子。那種感覺非常明確，就像是有神靈貼在我耳邊，悄悄告訴我一樣。我往後將會為那雙變紅的耳朵、包覆住杯子的手指和杏仁形狀的手指甲擺上性命。

我突然像是被某個東西追趕的人一樣，瞪大眼睛環顧四周，然後在音響旁邊看見一個小小的立牌。上面寫著：

請多多支持偶像志願生，十五歲睦亨奎。懇請贊助！

立牌前面放了一個蓋子掀開的空吉他硬盒。裡面只有幾張一千韓元和幾枚銅板。我靜靜看著那盒子。以後裡面一定會放滿五萬元韓幣的鈔票。我會讓那樣的事情發生。汗流浹背，正在啜泣的那孩子依然站在面前，我自己在心裡做出如此悲壯的決定。

絕對沒有任何事情可以阻擋我。

有幾件事情可以證明我和亨奎是不能分離的命運，其中一個就是我和亨奎一樣都姓睦。睦氏在韓國只有九千人，是非常罕見的姓氏。我出生後，除了爸爸那邊的親戚之外，沒再遇過跟我有同樣姓氏的人。但偏偏亨奎就姓睦。這當然是命中註定的緣分。

在遇到亨奎之前，我不太喜歡自己的姓氏。說實在的，「不太喜歡」只是比較委婉的說法，在我小的時候如果可以改姓，我真的什麼事情都做得出來。我本來就是個性膽小，又超級討厭引人注目的孩子，所以我對自己的姓氏真心厭惡至極。在初次拜訪的場合說出名字時，只要我用含糊的聲音說出睦恩卓，所有人都會笑說怎麼有女生取這樣的名字。上小學後事態更為嚴重。愛惡作劇的男生遠遠看到我，經常會跑過來「啪」地出手攻擊我的脖子，並且大聲喧鬧「人如其名啦」[3]，然後就逃之夭夭。每次我都癱坐在地上難過地哭泣，從未想過要追上去反擊。恩卓這個俗氣的名字就算了，為什麼偏偏姓睦呢？明明有很多漂亮的姓氏。

如果爸爸是個溫柔的人，我可能還會幼稚地跟他撒嬌，要他幫我改姓。不過我的爸爸大概是韓國姓睦的男人當中，溫柔程度倒數第一的人，他真的非常非常木訥。別說是接受撒嬌了，爸爸連一次都沒有抱過自己唯一的獨生女。在我的記憶中，爸爸的臉總是被報紙遮了一半，因為他早上坐在餐桌前吃飯時，總是會打開報紙，猶如架了屏風那般。飯後便快速起身去上班，而且總是到了深夜才回來。如果在那樣的爸爸面前哭鬧，馬上就會被訓斥一番。「讓那個孩子安靜下來。」用冷靜的語氣對媽媽下達命令的爸爸，簡直就像別人家的大叔。

不過爸爸並非不愛我。爸爸只是用他自己的方式在愛我。那個方式非常簡單，就是給我很多的錢。當然，這是因為爸爸擔任某大企業的執行董事才有辦法做到。我從小在首爾就讀最好的私立幼稚園，接著是私立國小、國中。我表明自己想主修美術時，爸爸就幫我弄了一間私人畫室，還搭配一位畢業於首爾大學繪畫系的家教老師。雖然我重考過一次，但終究還是考進了理想中的弘大美術系。於是爸爸用我的名字在學校附近買了一間寬敞的新公寓，還有一台亮黃色的 BMW MINI Cooper。

3睦的發音與韓文的脖子相同，另外卓的發音與韓文敲打的狀聲詞相同。

假如沒有遇見亨奎，也就是說，那天如果不是去好美畫房，而是到新村那一側的三益美術社，又或是天氣實在太熱，所以乾脆不外出，直接用網路購買材料，因此得以順利繳交畢業作品，平安無事地完成學業，我應該會直接出國留學。隨心所欲地在歐洲四處晃晃，盡情畫下想畫的東西，玩膩之後再回韓國。說不定還會跟家境相當的男人結婚，連孩子都生了。那麼我大概會在住家附近弄一個像樣的畫室，偶爾辦一些個人畫展，成為一個悠閒自在，留著卷卷長馬尾的畫家。

不過，即使到了那時候，我鐵定還是會非常討厭睦恩卓這個名字。

認識亨奎之後，不只是亨奎，我甚至真心愛上我自己。跟惹人疼愛的亨奎一樣，擁有同一個可愛姓氏的可愛的我，能讓發光的亨奎變得更亮眼的、很有用處的我。睦恩卓唯有在和睦亨奎配成一對的時候才是有價值的存在。只要聽到亨奎的歌，我的指尖和腳尖都會麻麻酥酥的；只要亨奎展露笑容，周遭的世界都會轟隆隆地跟著瓦解。同時，那麼耀眼又可愛的存在，既是亨奎，又像是我自己。如果我將自己完全解體，然後再細心擦拭每一個碎片並重新打造成人，做出來的成品就會是亨奎。當我為亨奎做些什麼的時候，才真正感覺到自己活著，這也是我誕生到世上，與亨奎一起存在於這地球的理由。也就是替目前還是幼苗的亨奎澆灌營養充足的水分，讓他照射豐沛的陽光。我只有跟亨奎待在一起的時候，才是我自己。如同太陽越明亮，折射陽光的月亮就越明亮那般，亨奎發展得很好，就代表我也發展得很好。所以，我怎麼有辦法不愛亨奎呢？

我放棄了幾乎快完成的畢業作品，開始改畫亨奎。跳舞的亨奎、口沫橫飛的亨奎、打瞌睡的亨奎，不管畫得再多，還是會一直出現想畫的東西，這是我學美術以來初次遇到的狀況。用盡全心繪製的圖畫，我都上傳到睦亨奎的粉絲後援會上。那是我自己創立的後援會，成員當然只有我跟亨奎兩個人。不過，每次上傳新的圖畫時，亨奎都會真心誠意地在下面寫很長的留言。「姐姐真的畫得好棒。這個真的是我嗎？姐姐畫中的我真的很帥耶！我會努力變得比姐姐畫得還更帥！妳會一直支持我吧？」

當然，我打算支持你到底。

第一個處理掉的是MINI Cooper。反正我也不常開，所以沒什麼差。我用賣掉車子的錢買了最高級的相機，以及用來拍攝候鳥的大砲鏡頭，還隔周租借音樂廳，讓亨奎站上個人舞台。除此之外，也淘汰掉亨奎以前常去的計時制練習室，那裡空間狹小、環境又差。我幫他找了一間寬敞的個人練習室，而且還輪流請了有名的舞蹈老師、歌唱老師、管理身材和健康的健身教練。從吉他、貝斯、鼓，到大提琴、小提琴等，不僅是所有亨奎有興趣的樂器，還有他那個年紀的孩子熱衷的最新型遊戲機、名牌羽絨外套、筆記型電腦等，我每次見面的時候都會買給他。自然而然，我的資金很快就不夠用了。不過沒什麼好擔心的。賺錢的方法非常多。我賣掉公寓，在附近租了一個房子，月租就用家裡給的零用錢來支付。偶爾媽媽說要拿小菜到家裡來時，我必須找遍各種藉口，但大致上沒什麼問題。只要亨奎開心，只要他能當上夢寐以求的人氣偶像，不管怎樣都好。

在這過程中，亨奎和我迅速變得親近起來。我想知道亨奎的一切，而亨奎任何事情都會跟我說。從他小時候失去父母，寄住在祖父母家的童年故事，到小學時期在全校同學面前跟人告白卻被拒絕的初戀故事，甚至連他最喜歡的科目是音樂和體育，最近沉迷於哪一款手遊等瑣碎的小事全都跟我說。雖然亨奎年紀原本就比較小，但他天性也有點像小孩子，總把我當作親姐姐在對待，我非常喜歡這樣的關係，簡直開心到快發狂的程度。先不論我們的年齡差距，亨奎本來就不是我談戀愛會找的對象。如果用個比喻來說明，他應該比較像是美麗的野生動物。餵食新鮮的食物、陪動物盡情玩耍，就是愛護動物的方式。跟這一樣，我想提供亨奎安全且有保障的環境，而且也為此感到滿足。

我回想起買機車送給亨奎的某個夜晚。因為他吵著要我買給他，我才叫他先考到駕照再說。結果他真的考到機車駕照，笑著把駕照拿給我看，我沒辦法只好買給他。騎機車很危險，所以我再三囑咐他要小心騎，但他顧著撫摸那台亮紅色的本田機車，根本心不在焉。只是沒想到他突然把我抱起來放到後座上。他說：「我有機車後，第一個想載的人就是姐姐。」然後猛然啟動，開始在清晨空蕩蕩的馬路上狂馳。我害怕得哇哇大叫，還記得當時下意識抱住亨奎的後背，才發現那比想像的還狹窄且脆弱。「嗯，就這樣一起死掉也好。」可笑的是，當我將臉頰貼上他流汗的後背如此想著時，機車反而緩緩地在路中央停了下來。因為沒油了。我們兩個人愣在原地，呆望著彼此的臉，然後一起爆笑出來。我們笑笑停停好一陣子，直到肚子發痛才一起拖著機車到處找加油站。

這些回憶⋯⋯。

這當然都是很久之前的回憶了。亨奎逐漸紅起來後，我從未私底下跟亨奎見過面。因為我怕有人誤會我們之間的關係，傳出不好的負面消息。不過我們整天都在互傳訊息。容易寂寞的亨奎每天清晨都會傳訊息給我。「姐姐妳睡了嗎？妳在幹嘛？還沒睡的話陪我玩。」他偶爾還會傳語音訊息給我，說是為我寫的歌。那些技巧生疏且年代久遠的歌曲，現在還被我小心珍藏在外接硬碟中。小孩子的想法很容易猜透，那些歌曲的歌詞大部分都在暗示我要買什麼東西給他。「在愛裡面拿掉小黃瓜會有什麼差異／LOVE沒了ＯＥ／啦啦啦／剩下的就是Ｌ和Ｖ／小黃瓜苦澀又難吃／請拿掉小黃瓜吧，在姊姊的愛裡」[4]我聽了之後就咯咯笑著狂奔到百貨公司一樓的路易威登專櫃。「給，你喜歡的Ｌ和Ｖ。」被這種明顯的手段欺騙，竟然還能如此欣喜若狂。真想一輩子這樣生活。

不過我並非只是跟在亨奎的身後替他撒錢而已。我冷靜地分析狀況後，擬定策略並採取行動。亨奎已經十七歲，沒剩多少時間了，和競爭者比起來，具備的條件也相對不足。他不是藝校畢業，也沒有在大型經紀公司當過練習生，只是一個喜歡唱歌跳舞的孩子，毫無計畫就跑到街上跳舞。為了將這樣的亨奎打造成明星，需要某個關鍵的一擊。不過那會是什麼呢？我建立一個亨奎的 YouTube 頻道，面向規模默默有所擴大的粉絲社群舉辦了見面會等活動，但光靠這些還不夠。亨奎實力大幅提升後，也持續到大型經紀公司參加試鏡，但是始終沒有什麼成果。我十分焦急，亨奎則越來越累。

後來的某一天，機會在意想不到的地方找上門。我當時跟爸媽一起去參加親戚的婚禮。有個男人的穿著打扮以參加婚禮來說略顯浮誇，我問爸媽那是誰，媽媽反問：「那是小姑丈，妳不記得了嗎？就是你爸爸最小的妹妹的先生啊！妳小的時候他很疼妳。他現在是製作人，很受歡迎，最近偶爾也會上節目呢！」

我的心臟瞬間一震。神正在對我眨眼睛。就是這個，這就是機會。我穿越人群，朝那個男人走過去。「你好，姑丈，我是恩卓。你還記得我嗎？」結果男人立刻就認出

4 韓文的小黃瓜發音同英文字母 O E。

我來。「那個小不點睦恩卓？變成淑女了耶！」姑丈露出燦爛的笑容，豪邁地向我伸出手。我雖然也笑得很開心，但伸出去握手的那隻手卻很冰冷，而且顫抖個不停。感覺就像是抓住了救命繩索。這是絕對不能錯過，而且絕對不能放開的我們亨奎的救命繩索。

小姑丈在有線電視台擔任主要製作人，最近發展得很好，他剛好正在準備一個新的綜藝節目。節目內容適度混合了當時最流行的兩個關鍵字——「吃播」和「家常菜」，主要內容是由多個固定成員到嘉賓的家裡，享用嘉賓親自做的菜，比賽誰能吃得更多。我從婚禮上拿到姑丈的電子郵件地址後，寄了三十首亨奎親自作詞作曲的音樂檔案給姑丈。緊張的感覺、興奮的感覺、認真的感覺等，混合了各種不同氣氛的曲目。然後馬上打電話給姑丈：「喂？姑丈，我是恩卓……。我剛剛寄了幾首歌到你的信箱。你能不能選其中幾首歌當節目的背景音樂，就當作是救一個人。之後我會自己看著辦。我不是求你讓他上節目，而且這個請求也沒那麼困難嘛！拜託……請你幫幫忙。」

姑丈不僅答應我的請求，還帶來意想不到的結果。那個節目的實時收視率超過百分之二十，氣勢驚人，瞬間爆紅。人氣女演員張大嘴把拌飯塞進去的畫面，沉穩的資深演員為了贏得比賽，偷偷在餐桌下解開褲頭鈕扣的畫面，都被重新剪輯成動圖，長久在網路的世界裡流傳。那些畫面的背景音樂當然是亨奎的歌曲。我徹夜在網路上流連，用留言玩起多重角色扮演。

話說這個BGM是誰的歌啊？第一次聽到，還不錯耶！

↳他叫睦亨奎，還是新人，我最近只聽他的歌。到YouTube上搜尋就有。

↳他長得很可愛，舞也跳得很好。越看越有魅力。

別人可能會想這是什麼怪招，但確實有效。因為亨奎的歌開始受到關注後，其他的綜藝節目也拿亨奎寫的歌當作背景音樂。YouTube〈睦亨奎TV〉的訂閱人數也在一天之內就暴增，突然擄獲一票粉絲。之前我以亨奎作為主角的粉絲繪圖也四處流傳。我幾乎同時監看所有網路平台，分析群眾的反應，並擬定往後製作的方向。人們喜歡看見亨奎的什麼樣貌，哪些部分要強調，哪些部分要隱藏等等。我設計的偶像睦亨奎的人設，乍看之下是一個不懂事的調皮小弟弟，但認識更深後，會發現他是個充滿熱忱的純真努力派。因為人們喜歡的就是這種——懷抱夢想的純真少年，突破困難和逆境，堅持不懈地持續挑戰，最後終於達成目標的模樣。

這就是開始。亨奎從有線節目的嘉賓起步，逐漸增加在電視上曝光的次數，甚至還在小小的音樂節目上演出。很快就有幾家獨立音樂找上門，但我建議亨奎推辭掉。亨奎很焦急，我卻老神在在。小獅子怎麼能寄居在鳥巢裡？我總是鼓勵亨奎夢要做得大一點。「才這點程度，你不能覺得滿足。你要在更大的池子裡玩水。你會發展得更好。」

大概就是那個時候吧，亨奎開始抽大麻。

一開始我以為亨奎背著我談戀愛。促使我起疑心的原因是，即使他需要的東西全都買給他，他跟我要零用錢的次數還是一直增加。除此之外，他越來越常找各式各樣的藉口不去受訓，而是把自己關在家裡。「你在談戀愛嗎？」雖然每次我這麼問，他都會一臉嚴肅地揮手否認，但還是非常奇怪。我實在沒法對亨奎發脾氣，總是半哄半勸，某天終於忍不住在清晨跑到亨奎的家門前。見到亨奎時，他的雙眼通紅，身上散發一股奇怪的味道。我一聞到那股略帶甜味又有些刺鼻的氣味，立刻就明白發生了什麼事。「亨奎，你……」我表情僵硬，什麼話都說不出來。亨奎尷尬地輕拍我的肩膀，說：「一個認識的哥哥給的，我偶爾才會吸。妳如果很討厭，我之後絕對不吸了。姐姐，不要哭。」

當然，亨奎在那之後還是繼續吸大麻。亨奎說每當他焦慮到無法忍受的時候，才會吸一點點，但隨著亨奎的地位越來越穩固，他吸食大麻的次數反而持續增加。因為期盼的東西拿到手的同時，也會開始擔心不曉得什麼時候會失去。夢寐以求的大型經紀公司聯絡亨奎去試鏡的時候；被編入正在準備出道的練習生團體，糊裡糊塗地出道的時候；第一次站上無線電視台音樂節目舞台的時候，亨奎都吸了大麻。「姐姐，我好焦慮，焦慮到快發瘋了。」每次亨奎拜託我給他零用錢時，我都知道他會拿去買什麼，但如果不給他錢，我又擔心他會去跟其他人借，或是把自己的東西賣掉，引起他人懷疑，所以不得已還是拿錢給他。

不過，講得更坦白一點，我並沒有積極地幫助亨奎戒掉大麻。

出道後，亨奎有一群規模雖然不大，但忠誠度很高的粉絲，其中當然也有一些人相當狂熱。他們為了看亨奎一眼，徹夜守在宿舍前面，或是猶如拜訪觀光名勝那般跑去亨圭畢業的國小和國中參觀。然而，那些人當中，沒有任何一個人知道亨奎有吸食大麻的習慣。在這個世界上，只有我和亨奎兩個人知道這個祕密，所以不管這個祕密的內容是什麼，我都只會感到甜蜜。再加上，雖然我死都不會那麼做，但萬一我把這件事實揭發出來，亨圭一生期盼的，如今好不容易才開始累積的一切瞬間就會倒塌。光是想像就非常可怕，但奇怪的是，我卻偶爾，不對，其實是經常會偷偷在腦中描繪那樣的場景。我們的祕密被意外揭穿，警察追著我們跑，而我抓著亨奎的手逃之夭夭的場景。

我或許是沉溺於想像之中，誤以為如果亨奎對大麻上癮，他的夢想就等於是掌握在我的手中。因此，就算時間倒轉，我也不知道自己是否能阻止亨奎。抱著裝滿大麻瑪芬的行李箱，在海上無止境地漂流的此刻，我其實仍然沒什麼把握。雖然我人生最優先的目標是守護亨奎，引導他走向正確的道路，但我不曉得現在哪件事更讓我傷心——是沒能讓亨奎戒掉大麻，還是沒能將這個行李箱交給他就死去？

真的不知道。

我現在漂到哪裡了？已經看不見光點。往四周看，映入眼簾的只有又黑又深的大海，猶如被揉皺後再次撫平的醃泡菜塑膠袋。只剩下浮在夜空中的月亮散發出朦朧的光芒，一會兒被雲遮住，一會兒又跑出來。別說是緊急救援的聲響了，我連海浪的聲音都聽不見。而且早就連唱歌的力氣也沒有了。只是攤開四肢，持續漂流，忽上忽下地起起伏伏。

我有兩個選擇。

第一個選擇是像這樣繼續抱著行李箱撐到最後，等待不知道會不會來的緊急救援。當然，途中如果手臂失去力氣，鬆開行李箱，我鐵定會馬上溺死。不過，這樣可能會發生比溺死更糟糕的狀況。舉例來說，晚好幾步才趕到的救生員發現行李箱並打開來看。撲通下沉的租賃車或許沒那麼快，但這只亮紅色的行李箱感覺馬上就會被發現。裡面的物品勢必會受到仔細的調查，那麼藏在瑪芬裡的大麻遲早會曝光，而貼滿包裝的貼紙將會明確指出這個東西是要給誰的。聽說最近只要幾根頭髮，立刻就能檢驗出是否有吸食大麻。亨奎的偶像生活不僅走不下去，甚至還可能會被判刑。不管是哪種結果，亨奎都沒辦法重新振作。

但是狀況還不到那麼糟。因為我有第二個選擇可以阻止那樣的事情發生。也就是現在打開行李箱，讓瑪芬全部隨海浪流走。這麼一來，就算空行李箱被找到，也只會被當成準備去國外看演唱會的某個追星族淒涼的遺物罷了。不會有任何暗箭指向亨奎。

只不過，手上抓著的東西不見後，我大概會立刻溺死。

我已經放棄用腳努力打水，試著游泳的想法了。我這時唯一能做到的就是將剩餘的力氣集中傳送到抱著行李箱的兩隻手臂上，想辦法繼續支撐。現在這樣，有種我的身體只剩下頭和兩隻手臂的感覺。其他部分已經失去知覺，連是不是還接在身體上都不曉得。能做出選擇的時間沒剩多少了。要選第一個，還是選第二個？我凝聚逐漸模糊的意識，想著亨奎。回想那個我記憶中最漂亮、最發光的亨奎。

亨奎以前曾經說過：「姐姐，內心動搖的時候只要看著最重要的那一個前進就行了。如果那個真的很重要，就完全不會看見其他東西。」這是亨奎在還沒有名氣的時候，在他還充滿稚氣，明亮耀眼的時候，也就是在他開始吸食大麻之前說的話。看著遠處的光點，堅定地往前奔馳的我的少年，亨奎。亨奎說的話沒錯。如果真的很重要，就要專心守護並珍惜那個東西。年幼的亨奎都明白的單純的道理，我可不能不知道，否則就無法守護亨奎。

我擠出最後一絲力氣，用右手摸索行李箱的側邊，直到我摸到拉鍊的勾勾。

*

「我還是無法理解，泡在鹽水裡怎麼會死？」

「還沒死，只是失去意識而已。」

「雖然我已經說了很多次，但人類真的是……」

「我知道啦，安靜點。」

其實不久之前我就已經恢復意識，但是尚未搞清楚這是什麼對話，到底是誰在講話。我微微睜開眼睛，發現自己躺在一個純白的空間裡。沒有天花板，也沒有地板，什麼都沒有。這是一個非常空曠且寬闊的空間。既不會冷，亦不會熱，完全沒有任何影子，也不見絲毫接縫。看起來不像是地球上會有的那種空間。那麼難道我死了嗎？照理說我應該已經死了，但身體的感覺卻非常正常，要說我死了，還真有點奇怪，而且我甚至比死前更生氣勃勃，充滿了力量。

「……那個，不好意思？」

我一開口，眼前的空間便突然出現顫動的同心圓，彷彿有小石子掉在水面上。

「喔，你恢復意識了。」

「都是你太吵了。按照本來的狀況，她應該會繼續維持在假寐的狀態達兩個小時，如果以地球的時間來算的話。」

「省下了兩個小時不是很好嗎？」

是剛剛聽到的那些聲音。不過是從哪裡傳來的呢？我再怎麼找，都沒看到類似音響之類的東西，唯獨聲音自己在空間中迴響，就像是在我面前說話般很有臨場感。

「……那個，請問你們是誰？」

雖然我小心翼翼地提問，但別說我不知道在跟誰說了，我甚至不曉得該看著哪裡說。

「嗯，妳好。身體狀況還好嗎？」

「妳狀態應該滿好的。我們在修理的時候順手調整了妳的腰和脖子，妳的頸椎歪曲得有點嚴重，平常工作要長期坐著嗎？等一下可以教妳很棒的伸展方法。」

「那個對人類的關節應該沒效吧！」

我依舊不明白他們在說什麼，但我有嘗試稍微動動看腰。不曉得是不是受到他們說的話影響，狀態似乎有比之前還要好。

「你聽了大概會有些不知所措。嗯……我們呢……該怎麼解釋比較好？」

「反正不管怎麼解釋，她都不會懂。」

「也對，其他人類都不懂。」

那兩個聲音似乎陷入了短暫的沉默。他們猶豫了許久，過一會兒才說：

「我們……嗯……你就當我們是外星生命體。」

「實際上就是外星生命體啊！」

「『外星』這部分先跳過，但『生命體』的部分需要說明一下。」

「你連那個都要說明的話，這個人大概會老死喔。」

兩個聲音同時發出宏亮的笑聲。我腦中一片混亂，只能等他們停下來。

「現在我們的本尊在離地球非常遙遠的地方。我們持續在觀察妳，一發現妳失去生命跡象，就立刻將妳撈起來帶到這個地方。」

另一個聲音接著說：

「我們隸屬泛宇宙生命研究協會，主要在研究宇宙中各式各樣的生物。其中我們負責的領域是研究生命具備的生存本能。順帶一提，地球人這個種族所具備的生存本能，在全宇宙的生物當中，算是水準相當高的。」

「這類研究本身雖然很有趣，但關鍵在於為眾多銀河系生物提供在更好條件下生存的多元線索。例如，我們從為了長生不老而食用水銀的秦始皇那裡獲得重大情報後，開始將重金屬氣體環境投入商業用途。」

「當然，那個可憐的皇帝並沒有能完美提煉水銀的技術。」

「總之，我們正在追蹤並觀察所有地球人的情緒。先蒐集生存本能指數竄高的瞬間，然後再分析人們思考的脈絡和行為模式。」

「大部分生物的指數通常會在死前突破最高紀錄。妳也一樣。不過妳……，有點特別。」如流水般不間斷地說明的聲音，暫時停頓下來。似乎是在選擇適合的詞彙。

目前我還是完全搞不懂這是什麼狀況。這跟我想像的死後世界有很大的差異，他們感覺也與地獄使者或是天國守望者的形象相差甚遠。雖然我也短暫懷疑過這是不是隱藏式攝影機[5]，但我頂多就是一介偶像粉絲後援會的營運者，對我設置隱藏式攝影機能有什麼收穫？再加上關於我死掉的那瞬間，我還記得很清楚。我把手伸入行李箱的縫隙後，

5在韓國的綜藝節目中常會有的橋段，隱瞞出演者偷偷設置攝影機，然後製造意料之外的狀況並拍攝出演者的反應。

海水便咕嚕咕嚕灌進去，可以感受到行李箱立刻變得沉甸甸的，同時我還拚命往裡面摸索了一番，終於把裝著瑪芬的夾鏈袋撈出來，在拉開夾鏈袋的開口後，我才終於失去力氣，安心地鬆開手腳。我正想指出這點時，他們彷彿能讀到我的想法般發出嘻嘻笑聲。

「妳確實是死了。難道我們的技術還不足以救活一個地球生物嗎？」

「無意炫耀，不過我們做得到的事非常多，遠遠超過人類的想像。」

「好，差不多要談到正題了。」

正題？到底是什麼正題？我正這麼想時，突然有個詞彙在腦中一閃而過。亨奎！亨奎後來怎麼了？演唱會呢？這次那些聲音也讀到我的想法，搶先回答了問題。

「喔，別擔心那個。演唱會按計劃進行得很順利。」

「中間破音了一次，但他靠撒嬌化解了尷尬。」

很順利真是太好，那麼演唱會已經結束了嗎？在現實世界到底過了幾個小時？雖然腦中一片混亂，但總之順利就好。我安心了下來。看吧！亨奎，你不用靠大麻這種東西也能做得很好嘛！想到亨奎為自己感到自豪的模樣，我也正跟著自豪起來。就在這時，那兩個聲音用興奮的語調大叫：

「那個！就是現在那個！」

「剛剛記錄下來了嗎？」

「嗯，我保證有存下來了。」

他們到底在記錄什麼？儲存什麼？或許是因為聽到亨奎的演唱會辦得很成功，心情雀躍，恐懼才開始一點點消退，現在反而煩躁了起來。根據現在的狀況來判斷，他們是外星生物體，而且還是比人類高等許多的種族。但就算這樣，他們也沒有權力把人抓起來，然後自己聚在一起講一堆讓人摸不著頭緒的話，造成他人的不愉快吧！我爬起身來盤腿坐著。他們說幫我矯正過腰椎，果然現在要挺直後背坐好比以前容易許多，但我刻意忽視了這點。

「嘿，外星人先生。」

嚴格來說，他們並不是外星「人」，但我說出口前已經在腦中盤算過，這個稱呼多少能帶給他們一點不悅感。我可是曾經把像小孩子頭顱那麼大的相機藏在身上，帶入禁止攝影的演唱會現場，而且還神色自若地走過剽悍保鑣的面前。都已經死而復活，哪裡還有什麼好害怕的？再加上我覺得他們應該沒有傷害我的意圖，雖然這只是毫無根據的猜測。

「現在狀況到底是怎麼樣？可以好好解釋，讓我這個下等種族聽明白嗎？我感覺心情不太好耶！」

這話說出口後，那些聲音安靜了一陣子。我也不能認輸，所以緊閉嘴巴，等待他們回應。

「我們確實疏忽了，抱歉。」

過了好一會兒，他們用低沉的嗓音跟我道歉。

「我們從頭說明一次。」

「剛剛有提到我們正在研究地球人的生存本能等級吧？在這個項目中，我們特別關注『利他精神戰勝生存本能的瞬間』。舉例來說，像是跑到奔馳的火車前救下小孩的英雄，或是為了子女甘願捨棄性命的父母之類的。我們很期待這種名為利他精神的思維能幫助我們的種族延長壽命。」

「雖然妳剛剛自稱地球人是下等種族，但在這方面反而是地球人比我們高等許多。因為我們的星球上，甚至連包含利他精神這個意思的詞彙都沒有。」

他們短暫沉默後又繼續說。

「我們已經蒐集非常多相關案例，足夠我們做研究了。我們拿人們的腦波來分析，試圖瞭解他們當時的情緒狀態。不過分析的結果……簡單來說，裡面總是混入一些『雜質』。從為心愛戀人犧牲性命的男人腦波中，發現一種要回報愛人之愛的負債意識；從為女兒犧牲的父親的腦波中，檢測出對妻子獨留世上的擔心。」

「也就是說，我們正在尋找基於百分之百為對方著想的利他精神而選擇犧牲性命的那種死亡。其實我們幾乎快要放棄了。」

「但就在那時候，我們的雷達找到妳。」

他們又再次陷入沉默。這次沉默的意義我立刻就能掌握到——他們在對我表達敬意。

「妳為了一個既不是家人也不是戀人的他人，甘願捨棄自己的性命，而且妳不僅不期待得到回報，甚至還連一絲的猶豫和擔心都沒有。純粹只擔心對方的安危，思索著要如何死才不會對那個人造成損害。當時妳的腦波，真的很乾淨又美麗。」

「美到我想把那個腦波截圖設定成我通訊裝置的背景畫面。」

「除此之外，這還有很高的研究價值。光是在你死亡的瞬間擷取到的腦波，就能讓我們的研究往前邁進五十光年。」

我本來把腰桿挺得筆直，後來不知不覺也放鬆下來，縮著身體傾聽他們說的話。我逐漸沉入西海泥水的那個過程，竟然被看得如此崇高，這跟我此時正在跟外星人談話一樣不可置信，聽得我腦袋發暈，但同時我好像又知道他們在講什麼。因為我對亨奎的心意，確實沒有任何雜質。這是我過往人生的驕傲，也是我擁有的事物當中唯一散發出光芒的。

「……謝謝你們那麼說。」

我低聲回應，心裡很抱歉先前對他們懷抱惡意。他們聽到後咳了幾聲，似乎是在清理喉嚨。雖然我無從得知他們究竟有沒有喉嚨，但他們大概是在模仿地球人斯文地接受道歉的模樣。

他們接著說：

「我們現在想拜託妳一件事。」

「事先說明，妳不答應也沒關係，我們不會因此又殺害妳。我們會刪除妳遇到我們的這段記憶，並且安全護送妳回家。」

竟然說有事要拜託，我突然覺得有些害怕。他們比人類還高等，拜託的內容感覺不會是小事。萬一他們以研究為目的，要求我交出器官，或是成為外星生物的宿主怎麼辦？各種想法在腦中快速閃過，他們又笑了起來。

「不是什麼大事。只要允許我們掃描妳的人生經歷就行。」

「其實我們現在也做得到，但工作時需要遵守宇宙生命權保護條約。若沒有經過該對象生物的同意，並且給付相當的報償，是禁止掃描那個生物的一生的。」

「為了找出妳擁有的利他精神來自於哪裡，我們認為有需要仔細看過妳生前的歷程，所以才提出這樣的請求。一秒內就會結束，非但不會痛，妳連一點感覺都不會有。」

可能是覺得我會拒絕，他們越講越快。

「不會白白拜託妳的。如果妳答應請求，我們就會幫妳實現一個願望。」

「任何願望都可以。雖然這段記憶會被刪除，但妳會在願望已經達成的狀況下，於安全的家中睜開眼睛。」

說完後他們便保持沉默，彷彿會一直等到我做出決定為止。

即使他們大概正清楚地讀取我的想法，我還是努力試著冷靜地整理腦中的思緒。首先，雖然我不太明白他們所謂的掃描具體來說是什麼，但幫這一個忙似乎也沒有壞處。我過去的人生除了亨奎以外還是亨奎，就算整個掃描，也不會有什麼新發現，但這是他們自己要判斷的事。再加上，他們說會幫忙實現一個願望，想來想去，這筆交易我都不會吃虧。那麼我要許什麼呢？真的任何願望都能實現嗎？我還在思考，他們卻急著插話：「當然，任何願望都行。要讓妳成為地球上最有錢的人嗎？地球人大多最喜歡那個。」

「如果妳想改變外表，我們還有相貌姣好的地球人外貌目錄可以給妳參考。」

我噗嗤笑了。看來這些外星生物到現在依然不太瞭解我。在這種狀況下，我對金錢和外貌怎麼會有期待？我在意的只有一件事。

「你們說的那個願望，我可以代替別人許嗎？」

他們聽了之後好一會兒都沒有回話。過不久，開始傳來奇怪的聲音，跟剛剛說話的聲音不一樣。很像好幾個非常小的齒輪為了互相吻合而運轉時會發出的聲音，也很像數千數百人聚在有高圓頂天花板的地方竊竊私語的聲音。我相當驚奇，不明白這是什麼聲音。許久之後，熟悉的聲音再次回來。

「不好意思，我們有些東西要討論。」

「雖然目前為止我們幫地球人實現願望的次數不多，但妳問的問題更是遠超出預期。大部分的人都是替自己許願，從來沒有人替別人許願。」

「妳的利他精神真的相當偉大。不過，我們很抱歉。照理說，妳提供研究價值如此高的機會，我們沒有立場挑三揀四，但根據原則，只有接受人生掃描的當事人才能獲得補償。」

他們的聲音聽起來很無助，我不禁也跟著意志消沉。本來是想拜託他們把亨奎打造成宇宙大明星的。這麼一來我不得不成為些什麼，要成為什麼樣的人比較好呢？

「我知道了，稍等一下……給我一些時間思考。」

「當然沒問題，妳慢慢想。啊，不曉得這對妳有沒有幫助。」

是什麼時候跑出來的？我面前突然冒出一座帶有扶手的鬆軟沙發和一張圓桌。桌子上還放了一個玻璃杯，裡面插著吸管。走近一看，杯子裡裝的是放滿冰塊的冰美式咖啡。

「聽說地球人認為咖啡因能幫助頭腦運轉。」

果真，我大大吸了一口咖啡後，覺得全身都充滿活力。沙發的軟硬度也很適中，坐起來非常舒服。我半躺在沙發上，大口吸著咖啡，開始動腦筋。該許什麼願望好？

最先想到的還是成為大型經紀公司的老闆。更具體來說，當一個在偶像產業、電影、電視劇和時尚界都占有一席之地的企業家如何？這麼一來，不僅能將亨奎打造成人氣更旺的偶像，只要亨奎有意願，還能栽培他成為電影演員或是時尚模特。不過，我有辦法成為那麼有能力的企業家嗎？仔細想想，其實我沒什麼自信。如果是大型經紀公司，就不能只花心思在亨奎身上，我連記帳本都不太會用，以我的個性如果同時經營多個事業，最後的結局顯而易見。沒有全都倒光光就算不錯的了。這個選項先保留。不然乾脆成為非常富有的大富翁，用驚人的財力盡情支援亨奎呢？但認真想想，這個選項似乎沒那麼吸引人。亨奎作為偶像已經占有一席之地，比起金錢，他更需要的應該是別的東西。這個也保留。那麼……嗯……，這個如何呢？請他們讓我成為亨奎的……女朋友。

「啊啊啊啊！」

「怎麼了，發生什麼事？」

「有什麼狀況嗎？」

那兩個聲音緊張起來，接連對我發問。我突然在沙發上滾來滾去，又大聲尖叫，大概是嚇到他們了。

「沒有，沒事。是因為我太開心了。」

他們什麼都沒回應。不過我能感受到他們互相交換眼神，心想第一次看見這種奇怪的地球人。假如他們身上有眼睛的話。我發出喀拉喀拉的聲響，咀嚼咖啡杯裡的冰塊，幫助自己鎮定情緒。如果我能成為亨奎的女朋友，也就是成為亨奎在這世界上最愛的那一個女人……。

但沒過多久，我便搖了搖頭。雖然光是想像就很興奮，感覺可以一秒對空揮拳十次，但這對亨奎來說並非好事。偶像有交往對象，說不定比吸食毒品還致命，我比誰都還清楚這一點。而且，如果那個女朋友沒有突出的外貌、不具備特別的能力，只是個普通人，也就是說，那個人假如是我……。這絕對不行。

那麼到底許什麼願望比較好？肯定有某個很棒的選擇，但我怎麼想就是想不到。這可不是天天都有的機會，我不能隨便浪費在不怎麼樣的事情上。我要成為什麼，才能讓亨奎幸福呢？

就在這時，在我煩惱的時候，某個妙計突然從我腦中瞬間閃過。

之前怎麼都沒有想到這個呢？如果是跟外星人許願，如果這種不可思議的事情真的發生在我身上，該許的願望就只有這一個啊！

「嗯，我無意妨礙妳，但妳真的想要那樣嗎？」

那聲音讀到我的想法後，小心翼翼地發問。

「我們可以幫你實現更炫的願望。」

「對啊，妳再好好考慮。」

我從沙發上坐起身來。竟然能想到這個，看來我的腦袋瓜還是有點用處的。笑意忍不住浮現在臉上。

「我想要的只有這一個。」

那些聲音或許是察覺我的意志堅定，不再發表任何意見。過一下子，他們輕輕嘆了口氣。

「好吧，如果妳真的這麼希望。」

正在想怎麼突然有陣微風從某個地方吹過來，圍繞我在周遭的空氣便開始輕輕震動起來。本來只有一片空白的空間，瞬間變透明，我在那短短的一瞬間，能夠清楚看見另一頭的東西。有台機器連接了無數條管線，上面還掛滿了類似小電燈泡的東西，五彩繽紛。

「剛剛已經完成人生掃描了。最後再次向妳表達感謝。這份資料對於大幅提升我們種族平均壽命的相關技術，有相當大的幫助。」

「哪怕妳只能短暫記得，我們還是想告訴妳，妳的愛情在我們共存的這個宇宙某處，阻止了部分生物的死亡。雖然妳馬上就會忘記這一切。」

「我知道了，謝謝。這段時間很愉快。」

雖然不用開口他們也聽得到，但我依然發出聲音問候。他們也跟我道別：

「再見，地球人。祝妳幸福。」

「一路順風。希望我們幫妳實現的願望真的能讓妳幸福。」

一種癢癢又酥軟的感覺從腳底開始擴散至全身。就像是在演唱會搖滾區的第一排硬撐著，一手抓圍欄，一手抓相機，拍攝數百張高畫質飯拍後，回到家躺在床上時，會有的那種充實又愉悅的疲憊感。我舒適地將後背靠在沙發上躺著。一股很強烈的預感告訴我，如果就這樣睡去，醒來將會有非常棒的事情在等著我。

在進入夢鄉之前，我凝視著閉眼後殘留在視覺中的閃爍小光點。不曉得那是仁川大橋橋墩上的光點，還是剛剛那個白色空間另一頭的小電燈泡。

在逐漸變弱的繽紛光源中，我習慣性地尋找紅色的光點。

*

一睜眼就已經早上了。

似乎做了愉快的夢，卻一點印象都沒有。我躺著恣意活動四肢，伸了一個懶腰。彷彿沉睡一個世紀那般全身僵硬，活動四肢時，關節還發出喀喀聲響，但是身體卻舒爽到不可思議的地步。昨天是幾點睡的？我看了一下放在枕頭邊的手機。周六上午十點多一些。既然已經點開螢幕，我便順勢掃描了一下畫面上跳出來的待辦事項。去洗衣店、下單瓶裝水、去美術社買準備畢製的材料。手機收到好幾則災難通知，提醒我今天首都圈一帶發布了酷暑警報。要趕快在天氣更熱之前去一趟美術社，然後在回來的路上繞去洗衣店。

我輕快地爬起身。把睡衣脫光後，走進浴室。心情莫名愉快，不自覺地一直哼歌。這種日子當然要逛個街。要不要去新村那邊走走，接著再去逛現代百貨呢？就算是正在準備畢製的美術系學生，也沒規定我只能穿著沾滿顏料的圍裙吧？

我咬著牙刷看向浴室裡的鏡子。總覺得今天會發生許多愉快的事情。雖然不知道具體是什麼，但感覺會是值得長久回憶的事。

Punch！青花菜的重擊

我從睡夢中醒來後確認一下手機，發現有兩則未讀訊息。一則是元俊說他的右手變成青花菜，另一則是安必順奶奶說家裡的末子死了。我眨眨依然乾澀的眼睛，反覆輪流閱讀這兩則訊息。

末子是安必順奶奶的男朋友為了紀念她年屆花甲而送的灰色鸚鵡，牠能說一口流利的人話，而且頭腦很好，臉皮又厚，是個神奇的傢伙。今年剛好滿二十歲，在平均壽命為三、四十年的鸚鵡世界中，牠已經步入遲暮。或許是因為這樣，牠的進食量從幾周前開始便大幅減少，而且連坐都坐不穩，還無力地從站架上摔下來。狀況感覺非常不妙，看來昨晚終究還是死了。我再讀了一次奶奶傳來的訊息：「末子死了大家都來吧」，是一則去頭去尾，只講重點，不帶情緒的訃聞。也對，就我一直以來的觀察，他們倆的關係與其說是主人和寵物鳥，比較接近吵吵鬧鬧的冤家，總是把「你什麼時候會死」當作問候掛在嘴邊，奶奶和末子都是如此。大概是其中某一方開始吵鬧後，另一方就學了起來。總之，感覺得趕快去奶奶家一趟，不過我同樣很擔心元俊的手，但是該怎麼辦？難道要把身體分成兩個嗎？在我胡思亂想的時候，正好有電話打來。是元俊。

「還在睡嗎？」

他的聲音和平常一樣穩重又從容。

「我變成青花菜了，我的右手。」

「我看見訊息了。怎麼會這樣？該怎麼辦？」

「我也不知道。」

我看了一下時鐘。剛過早上十點。

「去醫院吧！」

「當然要去。」

語畢後一陣沉默。只能聽到元俊平穩的呼吸聲從手機的另一頭傳過來。我有點生氣，咳了幾下清清喉嚨。雖然大驚小怪並不能把手治好，但他怎麼能那麼平靜？彷彿這是別人的事情。明明他做的工作更應該照顧好身體才對。他的聲音聽起來沒有打算自己去醫院，看來還是得由我拖著他去。好吧，附近哪裡有醫院？不過手變成青花菜時，應該去看內科還是外科？我正打算發問，手機卻傳來嗶嗶的聲響。這是有電話插播的提示聲。不用看也知道是安必順奶奶打來的。我在腦中打開這附近的地圖，有條不紊地畫出路線圖。感覺可以先帶元俊去醫院，再接著去安必順奶奶的家。

我掛掉電話後，傳訊息給安必順奶奶：「元俊說他的手變成青花菜了。我先去一趟醫院，再過去拜訪您。」十幾分鐘後，我正把腳套進褲管裡的時候收到了回覆：「唉呦年輕人怎麼會那樣。」我想像安必順奶奶把手機拿得遠遠的，皺著眉頭打出那十個字，而死去的末子就在一旁。雖然末子躺在那裡時，看起來似乎隨時都能再朝著我充滿攻擊性地拍動翅膀，對我嘎嘎大叫：「妳又來了！臭丫頭！」但實際上牠再也無法說話了，而且在牠橫臥的身體上，很可能還蓋著安必順奶奶的手帕，或許就是那條我也很熟悉的玫瑰花紋手帕。想到這裡，悲傷才湧上心頭。我走去元俊家的路上不住抽泣。

一打開門，就看到元俊躺在那裡，場所和姿態都跟我想得一模一樣。

「來啦？」

元俊舉起右手，不對，他舉起青花菜朝我揮了揮。他臉上睡意未退，一副無憂無慮的模樣。我四處閃避在地上滾動的垃圾和換下來的衣服，走近元俊橫躺的沙發床。元俊身上的青草味撲鼻而來。

「什麼時候變成這樣的？」

「不知道，我早上醒來時它就這樣了。」

我抓著元俊的右手仔細地觀察。元俊的前臂從中間部位開始變綠，邊緣則被鋸齒狀的葉子層層包覆；他的手指變成淡綠色的莖，末端聚在一起形成爆炸頭那般卷卷的青色大花束，也就是說，看起來就像完美的青花菜，百分之百就是青花菜，不用懷疑。再加上它結實又飽滿，非常新鮮又大顆，如果在超市看到，大概會下意識迅速挑走。我不禁邊發出讚嘆聲邊動手撫摸。真的美到很想一口咬下去，牙齒都忍不住發癢。

「哇！超酷的。」

我彷彿被迷住了般撫弄著青花菜，元俊呵呵笑出聲來。

「很酷吧！」

我察覺到這是他想鬧脾氣不去醫院的前奏，於是立刻斬斷他的念頭。

「是很酷沒錯，但還是要趕快治好。不能一直放著不管啊！」

「好，好，走吧！」

元俊意外地乖乖聽話。

「這樣才對。」

我把元俊扶起來。接著替他套上連帽上衣和褲子，手上沾點水簡單幫他梳理一下頭髮，還替他擦去眼屎。我怕他直接這樣外出會覺得丟臉，所以用一條很大的毛巾把青花菜層層包住。過程中，元俊就像填充娃娃一樣乖乖站立，用專注的眼神看著我。他每次有話想說時，都會擺出這個表情。

我用鑰匙把門鎖好後，才發現元俊已經咯噔咯噔，大步往前走了很遠。「喂，一起走啦！」我大聲喊住他。雖然他轉頭看向我的表情就和往常一樣溫和，但……。再怎麼說，手變成那樣，他多少還是受到了驚嚇。即使他裝得很灑脫，依然能明顯察覺異樣。

我小跑步跟上元俊，逕自想著。

高元俊是拳擊選手。不過我跟別人這麼說時，聽到的人大多會回答：「喔，是喔。」臉上卻露出難以置信的表情。講到拳擊選手，通常會想到幾個特徵，像是結實的身材和銳利的眼神之類的。大概是因為元俊完全不具備這些特質的緣故吧！元俊的下巴厚實，眉毛烏黑，少年時期感覺是個相當淘氣的孩子。如今長大後，若要人猜測他的職業，應該比較像郵差或是中華料理師傅。不過但凡曾經在競技場上看過元俊的人，都不會懷疑元俊是名拳擊選手。一跨入擂台開始比賽，元俊就會瞬間變成另一個人。外表確實是我認識的元俊，但裡面似乎被取代掉，塞入了另一個我完全不認識的人。

幾年前我第一次看，也是最後一次看元俊的比賽。那天我在比賽結束之前，不說一聲就自己先跑回家，過好幾天都不接元俊的電話。因為我很害怕。並非單純被兩個人對打的模樣嚇到，我本來就知道拳擊選手是什麼樣的職業。若要細究其中緣由，該說是因為元俊在打人的時候散發的氣場嗎？還是他表現出來的情緒？總之那讓我心生畏懼，難以承受。不管是狠毒的眼神，還是拳頭上帶著的殺氣，抑或是擾亂對方思緒，企圖誘導對方失誤的步伐，這一切行為都讓人感受到可怕的惡意。在那之前，我從未想過元俊在打人時會散發出那樣的氣場。雖然有人會將那看作鬥志和熱忱，但至少對我而言，那除了惡意之外沒有別的。我覺得自己彷彿就是那個在元俊面前挨揍的人，非常恐懼又害怕，心臟怦怦亂跳，驚嚇不已。

後來我再也沒去看元俊的比賽。我不敢說自己是因為害怕，只是找各式各樣的藉口推託。所幸就算我沒去，元俊也不覺得難過，而且比賽其實不常有。

不過，另一方面，我又挺瞭解拳擊選手高元俊。這都是托安必順奶奶的男朋友朴光錫爺爺的福。身材矮小、精瘦的爺爺，是格鬥競技的瘋狂粉絲，不只是拳擊，連ＵＦＣ（Ultimate Fighting Championship，終極格鬥冠軍賽）和角力他都相當熱衷。爺爺知道我和元俊交往後，興奮到當場差點喘不過氣來，我還去幫他倒了杯冷水，讓他鎮定下來。轉述元俊全盛期華麗英姿給我聽的人，就是這位爺爺。當時的元俊還是個乳臭未乾的小毛頭，他身材嬌小卻毅力堅定，個性相當倔強，賽中緊貼對手且攻勢不斷。朴光錫爺爺那時坐在觀眾席顧著高聲歡呼，連為了植牙而事先安裝的臨時假牙掉了他都沒注意到。我問那顆臨時假牙後來去哪裡了？朴光錫爺爺「啊」地張大嘴巴，讓我看看他發黃的臼齒之間，有一顆稍微沒那麼黃的臼齒，然後喃喃地說：「咕嚕吞下去了。」語畢，我、安必順奶奶和朴光錫爺爺都笑到全身發抖，結果年輕拳擊手元俊的全盛期故事就此結束，之後發生的事我只能回家靠網路搜尋才知道。其中一篇新聞報導的內容包含了業餘新人拳擊手高元俊屢戰屢勝的經歷，以及他的低潮、訓練和減重祕訣等。能找到的我全都找出來，讀得津津有味。不過，我完全無法相信，這些故事的主角就是我的男朋友高元俊。

我的工作是照顧服務員，我經常會淘淘不絕地跟元俊分享我照顧爺爺奶奶的故事，但身為拳擊選手的元俊卻不會跟我聊關於拳擊的事。有次我曾經問他為什麼都不談，他回答我：「因為沒話可說。」他說每天都過得差不多，就是訓練、陪練、減重。高元俊說著這些話時的神情，比起拳擊選手，仍然更像中華料理師傅，於是我又問：「你喜歡拳擊嗎？」結果元俊沒有給我任何答案，只是哼了一下，吸吸鼻子代為回應，所以我心想自己似乎問了不該問的事。他平常很健談，喜歡談論自己的事情，我還以為他會長篇大論回覆我，結果有些出乎意料。但轉念想想，我也不是因為喜歡才從事照服員的工作。就像我並不喜歡照服員的所有工作，但卻喜歡安必順奶奶一樣，元俊大概也不喜歡關於拳擊的一切，只是其中有某個部分吸引他罷了，最後我作出如是結論。然而，在元俊喜歡的那部分中，也包含擊倒對手嗎？其實我真正想問的是這個，當然，沒問出口。

我沒有事先決定要去哪一家醫院，只是依稀記得天橋旁邊有家類似內科醫院的診所，所以正朝那裡走去。但實際到了那裡，才發現診所的招牌上寫的不是內科，而是家庭醫學科。家庭醫學科是在看什麼的？手變成青花菜時該看這一科嗎？我們有些慌張地看著彼此時，裡面傳來聲音：「請進。」於是我們便走了進去。在小小的大廳中，零散地坐著幾名發著燒、臉頰泛紅的孩子和他們的媽媽。坐在櫃檯的護理師用溫柔的表情抬頭看向我們。

「今天哪裡不舒服？」

不曉得護理師是否覺得我們兩人中如果有人不舒服，我是病人的機率比較大，所以才會看著我說話。我鬆開纏繞的毛巾，把元俊的青花菜秀給她看。

「他的手有點……」

「天啊！」護理師看到元俊的手後，發出驚嘆聲。結果診所裡生病的孩子和他們的媽媽都同時看向我們這邊，直到剛剛他們都還在看電視或是手機，對我們毫不關心。他們都嚇了一跳，開始議論紛紛。診所的大廳瞬間變得像菜市場一樣煩囂喧鬧。「天啊，真的很久沒看到青花菜了耶！話說之前我先生也曾經那樣。只是竟然變成那麼大顆的青花菜，唉，他肯定很辛苦。」看元俊臉蛋發紅，我趕緊把毛巾重新包回去。護理師笑著拿出空白的初診單給我們。我代替元俊填上地址、電話後再次遞給護理師，護理師在上面的空白處用圓潤的筆跡寫下「右手，青花菜」。辦完程序後，我和元俊便坐在沙發上等待。

「唉呦，年輕人怎麼會變成這樣？」

坐在對面的奶奶看著我們笑。一個人中油亮亮的男孩子躺在奶奶的膝蓋上，大概是她的孫子吧。

「應該是想太多才會那樣的吧！」

「對啊對啊，都是因為想太多的關係。」

其他人等不及地接連插話。他們講的內容有些出乎意料，我稍微感到驚訝。想太多？想太多就會變成青花菜嗎？我正想進一步詢問那個哄孫子睡在膝蓋上的奶奶，結果剛好聽到裡面傳來叫號的聲音：「高元俊先生，請進。」元俊挑了挑眉，走進診間。雖然我在外面豎耳傾聽，但診所很小，其實不這麼做也能清楚聽見裡面的對話內容。

「唉呦，是青花菜。好久沒遇到這樣的病人了。是從什麼時候開始變成這樣的？」

「我睡起來就變這樣了。」「很不方便吧？來，我看一下。」「會痛嗎？」「不會。」

「那有什麼症狀？」「會癢。」「會癢喔？」「對，從內側開始癢。這個該說是莖嗎？還是手腕？總之是從內側，這個是導管嗎？還是該說血管？反正是從內側開始有癢癢的感覺。」「喔，這很正常。它是為了行光合作用。你知道吧？光合作用。我會幫你開藥，記得多喝水，睡飽一點。最重要的是要好好休息，還要好好吃飯。這樣過幾天就會好了。」

真是冷靜的診察。我正這麼想，元俊突然降低聲量說：

「那個，請問……」

他似乎問了些什麼，但我沒聽見，只知道醫生回答他：

「沒關係，很快就會好。」

「……謝謝。」

喀啦喀啦，裡面傳出椅子滑動的聲音。元俊用左手摸著青花菜走出診間。他的表情看起來似乎有些生氣，又似乎有些憂鬱。

我們到位於同棟建築一樓的藥局去領藥。既然藥都拿了，我當場就順便拆開袋子給元俊一顆藥。藥丸呈長條狀，顏色是不透光的淺綠色。「這是抑制葉綠素的藥。」我在飲水機前將冷熱水各混一半時，藥師朝我的後腦勺說明。元俊用左手接過我遞過去的藥丸，一口吞下去。我看著元俊的喉結咕嚕滾動了一下，開口詢問心裡好奇的事。

「你都在想什麼？怎麼會想太多想到手變成青花菜？」

元俊沒有回答，只是靜靜盯著我看。

那個表情我好像曾經在哪裡看過，直到我和元俊分開，走往安必順奶奶家的路途上，才想起來是在哪裡看過。小時候我奶奶，不是我照顧的那個奶奶，是在我小的時候照顧過我的親奶奶，我們曾經一起去市場買了一袋水蜜桃。但買回家打開袋子一看，才發現上面的水蜜桃雖然好好的，放在下面的卻已經磕得傷痕累累。奶奶氣得左手提著那袋水蜜桃，右手牽著我照原路折返，去找剛剛那個果販。奶奶把碰傷的水蜜桃拿出來跟他理論，結果那個果販擺出跟元俊一模一樣的表情，對我們說：「白桃本來就是這樣。白桃只要稍微碰到，就會碰傷、軟爛。它本來就是這種水果。」

它本來就是這種水果。

那天下午，安必順奶奶、我和朴光錫爺爺三個人一起為鸚鵡末子辦了一場簡樸的葬禮。場地就在安必順奶奶家的庭院，其實安必順奶奶住在多戶型公寓裡的一樓，所以那個庭院嚴格來說並不屬於安必順奶奶。不過，沒有比那裡更適合埋葬末子的地方了，這點我們都同意，甚至連住在同一棟房子的房東也很認同。房東還從倉庫拿來一枝生鏽的鏟子，讓我們挖墳墓時使用。「我去年也把死掉的狗埋在那裡。」房東伸手指向紫杉樹下。我們聽了不禁感到悲傷，神情也因而轉變得更適合舉辦葬禮。

末子生前很喜歡粉紅色，所以我和安必順奶奶穿著粉色上衣，而朴光錫爺爺沒有粉色系的衣服，所以改戴上游泳池中心贈送的粉色鴨舌帽。我們選了木製紅酒箱作為末子的棺材，裡面還一起放入許多東西。末子用過的站台、果乾、玩具球、羊毛氈球，還有五張瓦斯費繳費單。末子生前只要看到那種材質的紙張，就會把紙咬成長條狀，然後夾在尾巴大肆炫耀。我們用玫瑰花紋的手帕將末子的遺體層層包裹起來，放到這些物品的上方，接著蓋上蓋子，做好一切準備。緊閉著嘴的朴光錫爺爺握住鏟子，在事先看好的，位於院子角落的冬青衛矛底下開始挖掘。泥土鬆軟又潮濕，挖掘起來並不困難，但朴光錫爺爺每每將鏟子插入土中時，都會發出「嘿、嘿」的聲音。我和安必順奶奶蹲坐在他的兩側，從挖出來的泥土中挑掉小石子或碎木塊。挖出大小適中的洞之後，我們放入裝著末子的紅酒箱，並且再次把土蓋上去。最後也不忘記輕拍地面，將蓋上去的土弄平。

葬禮就這樣結束了。如果有追悼詞之類的，應該會更有模有樣，但沒有人準備那種東西。再加上我們一直蹲坐在大太陽底下，早已滿身大汗。我很想狂飲涼爽的罐裝啤酒，朴光錫爺爺看起來也跟我想法一致，他的人中掛滿串串汗珠。然而，由於安必順奶奶還沒有離開位置，所以我和爺爺只能繼續站在原地一動也不動。安必順奶奶不斷撫摸著已經整平的地面。就我所知，在末子還活著的時候，奶奶別說是撫摸牠了，就連一句溫暖的話也沒跟牠說過。因為末子叫出來的那些髒話全都是跟奶奶學的。但我們絕對不會開口譴責，怪奶奶在末子生前沒待牠好一點。我們只是放任安必順奶奶盡情地將地面拍平。

後來我們到安必順奶奶的家裡把手洗乾淨。由於我們三人的手指甲縫裡都卡滿了黑色的泥土，所以在洗的時候輪流用舊牙刷幫忙刷洗彼此的指甲。我伸出手指讓奶奶幫我刷洗，心想以剛剛才辦完葬禮的人來說，這場面也太溫暖又祥和了，而且似乎不只有我這麼想，我們用毛巾將手擦拭乾淨時，臉上都帶著奇妙的表情。

本來我的工作時間，也就是照顧安必順奶奶的這個工作，表定是做到下午六點，但我已經很久沒遵守這個下班時間了。即使太陽早已下山，我的屁股依然坐在安必順奶奶的家中。安必順奶奶在烤魚片，所以我跑去買啤酒回來，終於喝到白天就在嘴饞的啤酒，然後也自然而然地聊到元俊的話題。我一提到元俊出了大事，手變成青花菜，朴光錫爺爺的臉色就變得很沉重。他一臉憂鬱地盯著撕成條狀的烤魚片看了許久後，終於開口說：

「看來那個孩子心裡非常辛苦。」

「心裡辛苦？」

我回應道，但爺爺又陷入沉默，望著天空看了好一陣子。後來他張開嘴巴，似乎想說些什麼，不過終究只是深深嘆了口氣。安必順奶奶接著說：

「我們年輕的時候，經常有人罹患那種惡疾。本來好好的人，一夕之間手指就變成四季豆，變成紅通通的辣椒。嗯，那都是因為內心的包袱太沉重了。討厭某個人，折磨某個人，嗯，那種不好的東西在心裡藏久了，會無法繼續忍受，人變得不再像人。聽說只要吃飽睡足，就能夠好起來。雖然不會死，但樣子卻很愚蠢，生活也不方便，真的是很糟糕的病。最近的孩子會事先接種疫苗，所以生這個病的人好像少了很多。看來元俊那孩子變得滿虛弱的。下次把他叫過來，我煮些雞肉給他吃。」

虛弱？竟然說現役拳擊選手高元俊很虛弱？我本來想取笑這麼說根本不合理，話語卻瞬間卡在喉嚨，最後我還是閉上了嘴巴。元俊的身體當然比一般人健康許多，但他的內在也是一樣嗎？我想起元俊和手裡拿著瘀傷白桃的果販擺出同樣的表情，注視著我的模樣，這次換我大大嘆了口氣。元俊的心裡到底藏了什麼，才讓他痛苦到這種程度？我完全不明白他的心思和背後的緣由，照顧別人明明就是我的工作。

「他到底為何那麼辛苦呢？」

我一邊把空的啤酒罐壓得扁扁的，一邊不自覺地喃喃自語。奶奶這回也靜靜地沒有說話，在一片沉默中，只有電視的聲音持續不斷。

到了深夜我才離開安必順奶奶的家，那時朴光錫爺爺把我攔下來，在我耳邊悄聲說：

「你們兩個明天挪出點時間。」

我轉過去一看，朴光錫爺爺的臉紅通通的，不曉得是因為那頂粉紅色的帽子，還是因為喝了啤酒。他正用非常真摯的神情看著我。

「時間？」

「嗯，時間。我想帶你們和奶奶一起去爬山。」

「爬山？什麼山？」

「以前像他那樣生病的人都這樣做。去山上唱唱歌，本來會病個十天的，兩天就好了。」

「咦？唱歌？這是什麼意思？」

「大聲唱歌唱到丹田都在震動，唱到喉嚨沙啞。『啊！』大聲叫出來就好。跟妳說，鐵定會好起來的。」

語畢，朴光錫爺爺一把抓過我的手並使勁握住，再三地跟我確認：「妳一定會聽我的話吧？」那雙手實在又皺又熱，我只好回答：「知道了。」

「老人說的話不要隨便聽聽，一定要轉達出去喔！明天挪出時間，知道了吧？」

「知道了，知道了啦！」

朴光錫爺爺這才鬆開我的手，慢慢地轉身走掉。唱歌？乾脆煮雞肉來吃還比較好吧？我一邊這麼想一邊穿越安必順奶奶家的庭院，途中還不忘記在跨出大門之前，再看一眼埋葬末子的地方。我每次回家時，那隻吵吵鬧鬧的鸚鵡總會拍著翅膀問我：「要走了？還會來嗎？」埋葬末子的那棵樹木下，還維持著平坦的模樣。上面一團影子黑壓壓的，彷彿是為了讓人睡在那裡而特意理平的一樣。

現在朴光錫爺爺大概在輕撫安必順奶奶的肩膀吧，然後還一邊跟她說會再送她一隻漂亮的動物來代替死掉的鳥，並且低聲邀她明天出門散散心，帶孩子們一起去爬山。我站在大門前面望向安必順奶奶家熄了燈的窗戶，短暫猶豫一會兒後，下定決心往元俊家走去。

當我打開元俊家的門時，還以為沒有人在家。雖然也是因為燈光全暗的緣故，但更準確地說，是因為我感受到一股沒人在的空房子才會有的寒冷又寂靜的氣息。不過，元俊經常穿的那雙腳後跟皺皺的運動鞋依然放在玄關，所以我出聲喊道：「元俊，你在家嗎？」然後把鞋子脫到一旁。就這那時，我被眼前的光景嚇了一跳。元俊維持稍早白天時的那個姿勢，整個人橫躺在沙發床上。朦朧的光線從窗戶照射進來，灑在元俊的身上，他的樣子看起來有些奇怪。比起說樣子有點怪，應該說他散發出來的感覺嗎？躺在那裡的明明就是元俊，但又覺得他其實不是元俊，而是與元俊非常相似的另一個存在。就像是一個以我熟悉的材料所組成的，與高元俊相似的外殼。我躊躇了一陣，決定先開燈再說，這時傳來元俊低沉得發悶的嗓音。

「不要開燈，很刺眼。」

我的眼睛稍微適應黑暗之後，開始仔細觀察元俊的青花菜。明明上午看到的時候，是從前臂的中段位置開始變成莖部，但現在卻往上延伸，連肩膀都變成青綠色。青花菜的花球也更為膨脹，比之前大了一倍。

「你吃藥了嗎？」

「沒有。」

聽到他滿不在意的語氣，我突然一股怒火竄上胸口，奇怪的是卻發不出脾氣。內心就像陷入泥沼，只能無止境地一再往下沉。我癱坐在元俊身邊。一股青草味從元俊身上飄出來。味道濃烈刺鼻，聞起來非常新鮮，充滿綠意。

「元俊……」

「嗯。」

「你怎麼了？」

「沒事。」

「朴光錫爺爺說，你是因為心裡辛苦才會這樣。」

「你真的覺得辛苦的話，就跟我說吧！」

「跟我說吧！」

「跟我說。」

元俊是睡著了，還是斷氣了？他好一陣子都不回答我，黑漆漆的房間裡彷彿只剩下我一個人似的。我感覺快哭了，但沒想到不是快哭了，而是已經在落淚。

「告訴我。」

於是元俊輕輕嘆了口氣。在元俊吐出來的氣息中，也夾雜著濃郁的青草味。

「我跟妳說，別哭。」

元俊撇著嘴巴歪向一邊，短暫陷入沉思。我用袖口抹了抹眼角，等待他開口。

「我啊，討厭拳擊。」

元俊用鼻子深吸一口氣後，吐出這句話來。稍過一會兒，他便像肚子裡揪成一團的東西解開了那樣，緩緩開始訴說。

「……你知道拳擊要打得好，最重要的是什麼嗎？是專注。至於要專注在什麼事情上，那就是專注想著要把眼前的傢伙打成一團爛泥。用左手不行，就換右手，右手不行，就用頭撞上去，不管怎樣都要把對方打癱在地。需要的就是這種專注力。而且要盡可能仔細地想像那個場景。不是有種叫意象訓練的東西嗎？想像對方流血的模樣、逐漸失去力氣的模樣、被我的重拳擊中而昏倒的模樣等等。但是妳這輩子曾經想像過這些嗎？雖然妳大概也有真心討厭的人，但妳曾經這麼仔細地想像過把那個人打倒的場景嗎？

「甚至於，我根本不討厭那個人。不只如此，我反而是喜歡的。我很想跟對方成為朋友，因為他也過著和我相似的生活，為了拳擊拚盡性命。不知道從哪一個瞬間開始，想像自己把那樣的人打成爛泥，並且為了達成目標而實際揮出拳頭，這些事讓我覺得很累。雖然我一直告訴自己，這是運動，這是工作，但不論是運動還是工作，挨打都會痛，我不喜歡疼痛。真的很討厭，心情真的會很糟。從冒出這種念頭的那天開始，我就變得很討厭拳擊。不過也無法因為這樣就馬上辭掉工作。再加上我也不想那麼做。我煩惱了許久，想了又想。後來找到了還算可行的解決方法。就是嘗試去討厭對方。因為相較之下，攻擊討厭的人稍微簡單一點。

「然而，就像勉強喜歡不喜歡的東西很辛苦那樣，討厭不討厭的人並非容易的事。

因此，我勉強製造出憎惡的心情。要把世界上討人厭的東西都套到對方身上，然後反覆告訴自己『要討厭他、要討厭他』。同時想著那個人沒有想像中的那麼好，那個人也急著想揍我，被打之前我要先把他打倒，要徹底踐踏他，讓他不能再撲向我。沒有比賽的時候，我也整天都在想這些。想著會讓我想揮拳頭的事，並且想辦法把這些情緒凝聚到右手的拳套裡，藉此更有效地發揮情緒的力量。後來我的手某天就突然變成這樣了。」

元俊朝空中一揮，伸出青花菜。黑暗中隱約可見青花菜凹凸不平的形狀。

「變成這樣之後，再怎麼努力都生不了氣。」

元俊又高舉青花菜朝空中揮了幾拳。他揮了好幾拳後，又「咚」一聲突然放下。

「妳應該覺得這種工作乾脆不要做比較好吧？妳應該不明白這麼痛苦的事情為什麼要繼續做吧？但是我做這個做太久了。我會的只有這個。只會討厭別人，然後因為討厭而把人打成一團爛泥。」

元俊說到這裡後便閉上嘴巴。於是房間再次被黑暗、沉默以及悲傷的青草味給占據。我雖然張開嘴巴，卻什麼話都講不出來。聽到如此漫長又辛苦的故事，感覺必須說點什麼，不管是安慰還是批評都好，總要給點回覆才對。但我就像是被人從水中撈出來的金魚，只會張著嘴開開合合。過了好一會兒，才終於擠出一個詞彙。

「明天。」

元俊斜眼看向我。即使在黑暗中我依然可以感受到，他的眼神沒有絲毫的期待。

「朴光錫爺爺邀我們明天去爬山。去那邊做些事，總之他說去了狀況就會好轉。明天一起去吧！一起去嘛！好嗎？現在好好睡一覺，明天一起去看看吧！」

元俊沒有回答。我在黑暗中輕撫元俊的青花菜，並且握住它。在有厚度且帶點溫熱感的莖底下，可以感覺到有水流過，撲通撲通地。這些水在青花菜裡繞一圈後會流往元俊體內的哪個地方？會流到製造出憎惡或憤怒的地方，匯聚在那裡嗎？這些乾淨的水混合進去後，能稍微稀釋情緒的濃度嗎？我輕輕撫摸著青花菜，動作持續許久。青綠水流彷彿也跑進我的指尖，我的肚子一直有種酥酥麻麻的感覺。

隔天中午，元俊和我穿著輕便的情侶登山服，與朴光錫爺爺和安必順奶奶在首爾大學正門口旁，也就是冠岳山的登山路口見面。

我們一見面就吵吵鬧鬧的。我稱讚了兩位老人家的衣服，不曉得他們是從哪裡買來的，杜鵑花色的上衣真的很適合他們，所以我的讚賞一點都不誇張。朴光錫爺爺抓著元俊的左手，也就是沒有變成青花菜的那隻手，不斷地揮動。「我從之前就很想很想見你一面。」朴光錫爺爺非常滿足，而元俊不曉得是在害羞，還是沒什麼力氣，只是難為情地笑了笑，說：「你好，我是高元俊。」不過爺爺還是一直抓著元俊的手，遲遲沒有放開。

即使是平日，依然有不少登山客。我們四個人走在人群當中，看起來像一同出來郊遊，感情很好的一家人。剛好天氣也非常晴朗，相當適合登山。朴光錫爺爺年輕時就如鼯鼠般在冠岳山上跑跑跳跳，而安必順奶奶也經常跟著那樣的爺爺來登山。他們兩人手持登山杖，大步走在前頭，而我們則是跟在後面開始山行。

或許是因為才踏入登山口沒多久，周遭景色比起樹林，更像是一座龐大的公園。我們走在修整得很平坦的山路上，塵土飛揚。我和元俊手牽著手走在路中央。我一邊走，一邊細細思索昨天元俊說的話。我當然也曾經非常討厭某個人，而且還常常得做一些討厭到想哭的事情……話說回來，那些情緒都跑去哪裡了？我記得好像有在心裡反覆想過幾次「好討厭、好討厭」，但最後還是都消失不見了。沒錯，即使消失的過程非常困難且複雜，確實還是消失不見了。就連氣到咬破嘴脣的怒意、決心一輩子都不忘記的仇恨，後來也隨著時間的流逝而消失不見，彷彿本來就沒有的事。明明沒有刻意努力去消除，但還是消失不見了。那件事情依然存在，但至少負面的情緒確實已經消退，因為現在可以不帶情緒地回憶「當初曾經發生過很糟糕又痛苦的事」。這肯定是位於我體內的某個器官發揮作用後帶來的結果，不然原本那麼鮮明的感受，怎麼會如此神奇地變得麻木？因為這些東西在心裡藏久了，會沒辦法正常過生活。鐵定有某個勤於工作的器官，負責將我重新調整回安穩的狀態。但元俊是不是因為一直勉強自己吞下太多的痛苦，才導致那個器官故障了呢？於是他照樣接收了所有痛苦，結果突然在某天早上變成青花菜。

如果是這樣，元俊的手恢復之後，他應該怎麼做才正確？

我一邊想著這些事，一邊繼續走路。過程中一會兒是上坡路，一會兒又是下坡路，我漸漸開始覺得喘。不過，走在一旁的元俊看起來稍微有些睡意，表情就和平常一樣從容。而朴光錫爺爺和安必順奶奶早已經離我們很遠，只見兩個杜鵑花色的小點落在前方。我用雙手在嘴邊圈成喇叭狀，大聲喊道：「爺爺～～要走到哪裡～？」那兩個小點突然停下來，把手高舉過頭，往前方比了比，似乎是在說再走一點點就會到了。看來並沒有要走到山頂，他們大概有選定一個位於半山腰的地方。

在遙遠的路邊，再次遇到靠著木圍欄休息的朴光錫爺爺和安必順奶奶的時候，已經又走了半個小時的山路。奶奶把用手帕包著的結冰礦泉水遞給從遠處走過來的我們。「到了，到了。」朴光錫爺爺看到我整個人搖搖晃晃，已然精疲力盡，便呵呵笑了出來。

「我在想這個地方應該不錯。」

語畢，爺爺突然一下子跨過圍欄，往山路外走去。我還在猶豫，懷疑那裡是不是能任意進入的地方時，安必順奶奶已經「嘿咻」一聲爬過圍欄，元俊也跟在後面輕鬆地越過去。看著他們那樣，我只好慢吞吞地爬過圍欄。不曉得朴光錫爺爺是本來就知道路怎麼走，還是純粹憑直覺在走，他撥開周遭的草叢，一直往樹林深處走去。我們成排尾隨在後，結果下坡路越來越陡峭，接著又突然變成平地，在眼前看見懸崖。往下俯瞰，下面全都是石頭，如果一不小心腳沒踩好掉了下去，應該會摔得很淒慘。「很危險，不要太靠近那邊。」朴光錫爺爺邊說邊從包包裡拿出卷起來的鋁箔墊，鋪在凹凸不平的寬闊石子地上，而我們則各自將包包壓放在四個角落。安必順奶奶從包包裡取出好幾條鋁箔包起來的飯卷，還有裝著飲料和水果的密封容器。東西都拿出來擺好後，有種野餐的氣氛。我們圍坐成一圈，各拿了一支牙籤來代替叉子。

「等一下，在吃飯之前要先做該做的事。」

朴光錫爺爺把牙籤插在其中一塊蘋果上，然後看向元俊。

「你把那個鬆開，然後唱一首歌看看。」

「咦？唱歌？這麼突然？」

「不要管突不突然，你就隨便唱首歌。」

元俊面露難色地偷瞄我。我努力忍住不笑出聲，把頭轉到另一邊去。雖然沒事先跟他說很抱歉，但如果告訴他要上山唱歌，他是絕對不會一起來的。元俊察覺到我的心思，兩隻眼睛瞪著我看，但我們已經爬到了冠岳山的山腰，他也無可奈何。

「你就當作是被我騙了，試試看吧！」

「要唱什麼歌呢？」

「當然是唱你想唱的啊！」

「我沒有會唱的歌耶。」

「如果真的沒歌可以唱，就大叫看看吧！暢快地叫出來。」

在元俊猶疑不決的時候，我先將纏繞在他青花菜上的毛巾解開來。可能是因為在陽光底下看的關係，青花菜似乎比昨晚更青翠新鮮。那時，專心注視著青花菜的安必順奶奶突然開口說：

「不然我也別唱歌，先來大叫一聲看看呢？」

「好啊，妳想怎麼叫就怎麼叫吧！」

「對啊，奶奶妳叫吧！」

於是安必順奶奶站起身，小心翼翼地走往懸崖。奶奶在距離懸崖邊大約兩步的位置，彷彿暈了頭似地蹲坐下來，雙手在嘴邊圈成喇叭狀。她大大吸了一口氣，連肩膀都跟著聳起來，然後在吐氣的同時，大聲吶喊：

「末子啊!!!!」

不曉得是不是因為這裡還不是樹林的深處，我以為會傳來回音，沒想到聲音就那樣散掉了。但安必順奶奶還是蹲坐在原地，繼續吶喊：

「我罵你不是真心的!!我打你也不是真心的!!!」

「你要去好的地方!!」

「我們一定要再見面!!」

喊完後，安必順奶奶坐在那裡望向空中，過了好一會兒才站起來，拍拍屁股。然後就像表演完的歌手那樣，害羞地笑著走回來。我和朴光錫爺爺給予她熱烈的掌聲。爺爺看著走過來坐在一旁的奶奶，笑得非常燦爛。

「唉呦，連我都覺得內心舒暢。」

「做得很好，那麼接下來輪到元俊。」

原以為元俊會揮揮手堅持不參與，沒想到他咳幾聲清清嗓子後，也站起身來。他環視我們的面孔，然後小心地往安必順奶奶剛剛坐著的那地方走去。我忐忑不安地看向他的背影，很好奇他打算做什麼。元俊走到比安必順奶奶蹲坐過的地方再往前一步的位置，直直站立在那裡。然後彎著腰，朝懸崖下方看去。我瞬間站起身，因為我怕元俊會直接從那裡跳下去。那時，元俊突然大聲吶喊：

「啊啊啊啊啊！」

他的聲音非常宏亮，比剛剛安必順奶奶的喊叫聲大了十倍以上。我們都嚇了一跳，互相看向彼此。懸崖下方，剛才還很寧靜的雜木叢中，有幾隻鳥啪啦啪啦飛出來。元俊不理會牠們，他剛剛已經大叫開了嗓，現在終於將手插在腰上。吸了一口氣後，開始唱起歌來。

「直到！東海水枯！白頭山！岩石朽爛！」

真不曉得那是歌聲還是鬼叫聲。「唉呦！」我們聽了齊聲驚呼，歪倒在地。原來他說沒有會唱的歌是真的啊！但這實在是太搞笑了吧！我哈哈大笑不停，一直笑到胸口發出吁吁的喘氣聲。雖然朴光錫爺爺瞪了我一眼，要我別再笑，但爺爺的眼角都已經泛淚，安必順奶奶則索性直接趴下來，笑到快喘不過去，渾身都在顫抖。然而，元俊絲毫不在意後面的觀眾已經笑成一團，仍舊繼續高聲歌唱，唱那首人人熟悉的愛國歌。

「天！保佑我疆土願我！國家！萬！歲！」

「哇！唱得好！」安必順奶奶拍手鼓掌。我也興奮地在一旁應和：「元俊，再繼續！再大聲點！」元俊聽到後轉身看著我笑了。那是個讓人想拍照留念的笑容，非常開朗，但同時又莫名讓人有點鼻酸。我笑得太厲害，不禁抱住肚子，心裡想著：「唉呦，這讓人心疼的傢伙。」沒過多久，元俊便唱完歌，邊咳嗽邊走回來。我站起來擁抱走過來的元俊。「唉呦，做得好，做得真好。」我拍拍他的屁股、摸摸他的頭，還捏了一下他的臉頰。

「好奇怪喔，只是大聲喊叫而已，現在卻有種比剛剛還舒暢的感覺。」

元俊一口氣喝光五百毫升的礦泉水，邊左右扭動脖子邊說道。

「看吧！我怎麼說的，很快就會好起來。」

朴光錫爺爺心滿意足地說。雖然不知道是不是真的這樣就能痊癒，但心情真的很好，我甚至有點想哭。真的很奇怪，只不過是稍微唱了點歌，用比平常更大的音量說話罷了，心情竟然變得這麼愉快。就像是把用了整個冬天，沾到汗水的厚棉被，換成薄薄的春秋涼被後，初次蓋著睡覺的那天晚上一樣，全身都相當舒爽。祕訣是什麼？是因為我們在山上嗎？是因為山裡空氣清晰，甚至把聲音都吸收掉，連回音都沒有的緣故嗎？仔細一想，我還是第一次聽到元俊像那樣大聲喊叫。原來他能發出那麼宏亮的聲音，比他外表的氣質還威風。我呼吸著山裡的空氣，陷入思緒中，這時有某個東西被推到我的鼻尖前。是一塊插了牙籤的奇異果。

「俗話說金剛山也是飯後的景緻。」[6]

語中仍帶著笑意的安必順奶奶把牙籤塞到我的手中。我們現在位於冠岳山上，而且還在半山腰的位置，景緻完全無法與金剛山相比，但我還是乖乖地把東西吃下肚。吃了酸酸甜甜的水果後，嘴裡分泌大量唾液，忍不住嘴饞了起來。元俊看來也是一樣，他用完好的那隻手，一次抓了兩塊飯卷迅速塞入口中。突然想到，我和元俊從昨天到現在什麼都還沒吃。雖然飯卷一下子就吃完，但安必順奶奶繼續從她的背包裡拿出稻荷壽司、羊羹、傳統米餅、結冰大麥茶等，吃的喝的掏都掏不完，一一在我們膝前攤開來擺滿，讓我們盡情吃喝。難怪我剛剛就覺得奶奶的背包出奇鼓脹。雖然飯已經涼掉，水果也有些氧化，但還是美味得讓人掉淚。

那時，正在咀嚼稻荷壽司的元俊突然「啊！」了一聲，皺緊眉頭。我朝他看去，還以為他咬到了石頭，卻發現元俊把青花菜舉起來，正仔細在觀察。

「爆開了。」

「爆開？什麼東西？」

大家都停下拿著牙籤的手，將視線聚焦在元俊的青花菜上。他持續發出「呃，啊」

6 韓文俗諺，意思接近於「吃飯皇帝大」。

的聲音，這回他緊握住綠色前臂的中段位置。

「裡面好像一直有東西爆開來。」

「什麼在爆開？」

「我也不知道。感覺有小小的火花之類的持續爆開，還有點刺痛。」

那具體是什麼樣的感覺？我害怕了起來，正想再仔細問問，安必順奶奶和朴光錫爺爺卻突然同時大叫：「啊！」爺爺抓住青花菜的莖，把青花菜拉到眼前來。

「看看這個！這裡！」

我也把臉湊過去看，發現上面有黃色的小點。在青花菜上端茂密成團的小花苞中，有一個花苞長得比其他花苞更長，尾端還冒出了一絲黃色的絲線。它只有米粒般大，要湊過去仔細看才能辨別，但我們都清楚知道那個是什麼。

「這個，這個是花吧？對吧？」

「青花菜原本就是改良花苞的部分……讓它長得更大後，才作為蔬菜食用……」

「天啊！所以這些小不點都是花嗎？」

我們屏住呼吸，把臉湊近元俊的青花菜一看。雖然長得不快，但確實可以看到在碩大的青花菜尖端，四處都有花苞「啪啪」作響，接連爆開來。很快地，最先冒出來的花苞一點一點地變得越來越長。花梗呈尖尖的子彈造型，正迅速地往上竄，尾端層層包覆起來的亮黃色花瓣一邊旋轉一邊冒出頭來，最後再緩緩地舒展開來。過了幾分鐘呢？終於有第一朵花完全綻放開來。花朵小而樸素，四片花瓣打開來呈圓錐狀，微微低垂著。片刻之間，其餘的花苞也跟上第一朵花，爭相綻放。

「哇！好漂亮。」

「嗯，真的很美。」

「好壯觀，好壯觀啊！」

總覺得要小聲地說，我們你一句我一句地壓低音量發出讚嘆。我們注視的彷彿是剛出生的小動物，情緒莫名激動。我伸手拍了拍元俊的肩頭。

「心情好妙。」

元俊看著青花菜說。他的眼角和嘴角都放鬆了許多，表情看起來很柔和。

「嗯嗯，你很快就會好了。」

朴光錫爺爺滿意地笑了。

大約過了一個小時吧，元俊的青花菜變成碩大的花球。所有的花苞都綻放開來，邊緣的花往下低垂，中間的花朝天空挺立，就像是將華麗的水晶吊燈倒掛的模樣。我用指尖稍微捏了捏其中一朵花，結果一股濃烈的香氣撲鼻而來，著實嚇了我一跳。跟平凡的花香相比，這股味道更加強烈，讓人神清氣爽。我們小心翼翼地輪流撫摸著花球，彷彿在稱讚某個人做了件了不起的事。凡手掃過之處，花朵都點點頭，散發出香氣。那味道濃郁到我大概在夢裡也忘不了。既刺鼻又香甜的味道定會隨風一路飄散至遙遠的地方，就算現在沒有馬上抵達，但至少到冠岳山的山行步道路口都會香氣滿溢，我如此想著便覺得欣慰不已。

結果我們走下山時，太陽已經準備西下。我們照著原路走回去，然後在首爾大學的前門互相道別。把累壞的朴光錫爺爺和安必順奶奶送上計程車後，元俊和我慢慢地散步，一起走到通往我們各自住家的岔路口。元俊的青花菜花球用毛巾仔細地包裹好抱在懷中。他看起來就像是發生了開心的事而收到一束花，於是把花抱在懷裡走的人。我把腳往地上蹬了蹬後走進家裡。心情愉悅，很想大聲唱首歌。

這天汗流浹背，所以我回到家後立刻就去洗澡，很快便在床上躺平。本來以為全身疲憊，馬上就會入睡，結果真的躺下後，反而沒有睡意。因為我就像去郊遊回來的孩子那樣，愉悅和興奮之情尚未消散。即使閉上眼睛，今日的各種場景依然在腦中閃過。我抱著枕頭往左邊滾，然後又往右邊滾，隨意回想這天發生的種種。

想到元俊想放棄拳擊的事情都沒跟我提過，又再度有些難過。平常元俊不管什麼事情都會積極地跟我分享他的感受和見解，但關於他自己內在發生的重大事件，反而閉口不談，獨自辛苦到這種程度。如果說出來聊聊該有多好，也不看我們是什麼關係。我獨自在黑暗中撇起嘴巴。也是，就算他跟我說，我也沒辦法替他想些合適的對策。雖然我大概會買美食給他吃，或是帶他去哪裡旅行散心，想盡一切辦法讓他轉換心情。就像朴光錫爺爺昨天晚上為了安必順奶奶而做的那樣。想到這裡，突然覺得有點難為情。原來世上的人們都差不多啊，關於安慰失落情人的方法。

朴光錫爺爺會買一隻新的鸚鵡給安必順奶奶嗎？如果真的買了，那傢伙一定是隻很擅長撒嬌，又會說話的鳥。雖然牠撒嬌的可愛模樣和末子不同，聲音也會和末子不同，但過一段時間後，那傢伙也會變成一隻愛罵髒話的無禮鸚鵡。鐵定會那樣。

睡意開始從遠處一點一點襲來。

隔天早晨，我一睜開眼睛就看到元俊傳了一則夾帶相片的訊息。「我決定放棄拳擊了。」照片拍的是元俊的右手。雖然尾端還殘留一些枯萎的花苞，而且有幾處皮膚依然是綠色的，但幾乎完全恢復成手的模樣了。

「太好了！」我回訊給他。真的太好了。

手指甲影子

某天晚上我突然從睡夢中醒來，發現勇俊正在盯著我看。我睡意惺忪地看向掛在勇俊背後的掛鐘，現在是清晨四點，果然是個適合作怪夢的時間。我並非不在意勇俊緊盯著我看的視線，其實我有些害怕，也有些悲傷，但反正這只是夢，我得趕快睡回去。在我翻過身去的瞬間，勇俊在背後呼喚我：

秀貞，起床。

那個聲音跟勇俊的聲音太過相似，不對，因為他是勇俊，說話的語氣當然像勇俊，但這絕對是夢。我再次翻過身，結果在床頭邊看見勇俊的長腿。

起床。

勇俊再次說到。用那個聲音、用那張臉像那樣拜託，好吧，就聽他一次吧。我放棄睡回去，慢慢地坐起身來。因此得以就著窗外照射進來的路燈光線，看見勇俊悲傷的臉龐。這是真的，我如此想。我只能這麼想。因為看著我的勇俊，比我記憶中的勇俊還更像勇俊。

但是勇俊死了啊。

我不自覺脫口而出。終究說了出來。於是勇俊的表情變得更加黯淡。

是嗎？沒錯。

他如此回應後就不再說話了。我沒來由地情緒低落，摸了摸額頭。是幽靈嗎？不過如果是幽靈，似乎有些說不通。高大的勇俊身後有道長長的高大影子，而且他身上還散發著熟悉的體味、熟悉的衣服味。除此之外，我甚至能感受到圍繞在他周邊的特有氛圍。幽靈也會有味道嗎？埋葬後如果腐爛，確實可能有味道。但是勇俊是火葬，而且火葬後的骨灰還灑在遠方影島的某個角落。我正這麼想時，勇俊開口說話。

我是手指甲。

嗯？

我反問後，勇俊又閉口不言。只是視線朝下，一直看著我。

那時，睡在我旁邊的碩基醒來了。他問：

「他是誰？」

於是我和勇俊同時回答：

他說他是手指甲。

我是手指甲。

手指甲？

碩基爬起身，用發睏的眼神輪流看向我和勇俊。他眨眨眼睛看了許久，問：

這個人，妳不是說他死了嗎？

嗯，死了。

那怎麼會在這裡？

我也不知道。他說自己是手指甲。

手指甲？

在我們對話的時候，勇俊環視房間內的擺設。他緩緩地一一看向我們新換好的碎花棉被、放在化妝台上的化妝品、垃圾桶和衣服等物件，最後當他的視線停留在牆上的照片時，表情突然顯得慌張。那是我和碩基去年拍攝的結婚照。「新婚房的主臥室當然要掛結婚照。」這是我當初堅持要掛的擺飾。碩基說那很俗氣，別掛比較好。早知道就應該聽他的。我看到勇俊蒼白的側臉時，不禁感到後悔。雖然不曉得在為什麼事情後悔，但總之就是覺得後悔。

妳結婚了？

勇俊問。

對，結了。

我回答。

什麼時候？

去年。

勇俊聽了沒再多說什麼，因此我也沒繼續談下去。不知道現在是什麼狀況，勇俊穿著他生前最喜歡的棉褲，還有黑色的短袖上衣，打扮得乾淨整潔，甚至還套上了白色襪子。相較之下，我身上是鬆垮垮的居家服，平常在睡覺時穿的，而且還披頭散髮，實在丟臉。好久沒見到勇俊，真的好久不見了。不過這時如果急著整理儀容，感覺對碩基來說又相當失禮，所以我不知所措愣在原地。就那樣和碩基兩個人半躺在床上，被勇俊用直勾勾的眼神盯著。後來碩基突然爬起來，喀啦按下電燈的開關把燈打開。

大半夜的這是什麼情況？

碩基把一隻手擱在開關上說道。由於房間突然變亮，太過刺眼，所以我「啊」了一聲閉上眼睛，同時也在想開燈後勇俊是不是就會消失不見。因為幽靈總是那樣。不過等我重新張開眼睛時，勇俊仍然頂著消瘦憔悴的臉龐站在床頭。燈亮之後一看，才發現碩基和勇俊的身高、體型和臉蛋都十分相似，他們面對面站著的模樣簡直就像是兄弟。

「喜好這種東西還真是執著。」我邊搔搔額頭，邊胡思亂想。

我們圍坐在餐桌邊時，天空已逐漸明亮。坐下來後，我突然覺得什麼都沒有似乎有點尷尬，至少要去泡點茶來喝。或者喝咖啡比較好？畢竟現在是早上。對了，勇俊以前很喜歡喝我泡的咖啡。我泡了三杯咖啡，各端一杯到每個人面前。

謝謝。

勇俊一手握住咖啡杯，一手在下面拖著，咕嚕咕嚕發出聲響將咖啡喝下肚。他喝咖啡的模樣跟生前的勇俊如出一轍，而且咖啡也沒有直接流到地上，看起來的確是透過勇俊的食道一路滑入腸胃中。這到底是怎麼回事？

你說說看發生了什麼事吧！

碩基開口說道。勇俊聽了便放下咖啡杯，短暫地陷入沉思。然後他突然看著我問：

我什麼時候死的？

到今年滿五年了。

我在回答的同時也感到神奇，彷彿自己每年都在計算那般，回答的時候沒有絲毫猶豫。感覺就算是走在路上，突然被某個人攔下來一問，我也能立刻回答出來：「過了五年又兩個月。」勇俊聽了之後，又短暫陷入沉思中。

你不記得嗎？關於自己已經死了的這件事？

碩基問道，而勇俊回答：

記得，我知道自己死了。

你記得是怎麼死的嗎？

記得，是客運車禍。

碩基以眼神示意，向我確認勇俊說得對不對，於是我點了點頭。勇俊那天為了參加故鄉朋友的婚禮，搭乘客運南下前往釜山，結果天雨路滑，客運打滑後撞上護欄，從高架道路上翻落下來。客運上的人全數身亡，勇俊也死了。

那個要結婚的朋友我也見過幾次，對方甚至寄了喜帖邀請我們兩個一起參加，但我沒有去。因為前一天我瀏海沒剪好，造型淒慘無比。

不僅如此，勇俊之所以沒搭高鐵而是搭客運，也是因為我的緣故。勇俊在使用網路和智慧型手機應用程式這方面很生疏，所以拜託我幫他預訂高鐵的車票，但是我卻忘得一乾二淨。到了當天才想到，雖然我匆忙查詢是否還有位置，但完全沒有任何空位，結果勇俊只好搭客運下去。搭上那班在雨天打滑翻覆的客運，那班全員身亡的客運。

勇俊會不會埋怨我？埋怨我沒有跟他一起搭客運？埋怨我如果不一起搭，本來至少還能避免讓他搭那班車？

換作是我會怎麼想？我鐵定會埋怨他。我本來就是比較怯懦又小氣的人。我會在客運翻覆的瞬間埋怨，會在瀕死之際埋怨，當然也會在死後埋怨。就算化作鬼，也想要報仇。再加上化作鬼回來後，竟然發現對方若無其事地和其他人結婚，完全忘記我這個人，過得很幸福，這簡直無法原諒。為了不原諒對方，我鐵定會用盡一切辦法。例如在他下樓梯時，讓他絆到腳，或是讓他每天晚上作從高樓墜落的夢，就算是這種小氣鬼的行為，也勢必會採取行動。

想到這些，我不禁變得憂鬱又悲傷，只是一直盯著咖啡杯看。這時勇俊說：

我很清楚自己已經死了，雖然很突然。

勇俊接著說，他的語氣沉穩又從容。

我在非常狹窄又黑暗的地方待了許久。其實我的狀態感受不到冷熱的變化，但即便如此我還是覺得很冷。那跟生前感受過的寒冷不同，是另一種寒氣，並不是從面來的，感覺是從我裡面發散出去的，這麼說你們懂嗎？總之就是那樣的地方。我就像一道影子，在那裡待了很久。我並沒有被監禁，如果要去哪裡，還是能行動，但我沒特別想去哪裡，也沒地方找我過去，我在那裡就像是影子。只是存在於那裡。什麼都不做，什麼都不是，就靜靜待在那裡。後來，某個瞬間，我突然很想念秀貞。

那個念頭一冒出來，一整天就只想著那件事。除了秀貞之外，我沒有其他想見的人，而且人生也沒有什麼遺憾，所以我唯有想著秀貞。在那邊時間是靜止的，我不太清楚自己用那種狀態存在了多久，不過我想應該是維持滿久的。結果我突然想到手指甲。

手指甲？

對，我有咬指甲的習慣。

勇俊這麼說的時候，擺出一副妳很清楚的表情朝我這邊望過來。我不曉得該用什麼眼神回應他，所以低下了頭，但其實我想跟他說我還記得。勇俊非常喜歡咬指甲，他這輩子甚至從未用過指甲剪。他的指甲邊緣常常比手指尖還要再往裡面一公分，有時還會滲血，但他卻毫不在意，只要指甲稍微長長，他就會咬了又咬。勇俊的指甲總是千瘡百孔。再加上他還有個壞習慣，每當他咬完指甲後，總會「呸」一聲隨地亂吐指甲碎片，或是把碎片到處亂彈。這完全不像是平常喜歡整潔的勇俊會做的舉動。光腳踩到指甲碎片是很煩人的事，所以我只要看到就會撿起來放在書桌或架子上，堆在一起的新月形指甲碎片，就像是小動物的骨頭堆，連當初這些瑣碎的念頭，我到現在都還記得。猶如昨日才發生過那般，記憶相當鮮明。

傳統故事裡不是有那種手指甲化作人的橋段嗎？

不是老鼠把指甲吃掉後才變成那樣的嗎？

是嗎？

我們家沒有老鼠，因為這是公寓大樓。

碩基的語氣生硬，勇俊撇起嘴巴，似乎有些為難。

總之我那時在想，假如我是手指甲的話會怎麼樣。然後就想到或許秀貞身邊還有一些我掉在地上的指甲。那麼，是不是能想辦法到那裡，如果不行就算了。我一邊這麼想，一邊嘗試進到那裡面。雖然我不知道附身的方法，但就想著這樣做或許行得通，於是便出力「呼」。

呼？

呼，然後就變成這樣了。

勇俊說完後陷入沉默。碩基用手撐著半邊的頭，靜靜地思考。他肯定是在想勇俊目前為止說的話到底是不是真的，但我很清楚。勇俊說的話全部都是真的。勇俊生前絕對不會撒謊，我也是因為這樣才愛他。

我們去年結婚了。

終於，碩基打破長時間的沉默說道。

我們是前年七月開始交往的。

嗯。

目前還沒有小孩，但我們正在考慮要生。

嗯。

我在進口紙張和紙漿的公司上班，如果沒什麼特別的狀況，明年就會升任課長。

嗯。

我和秀貞雖然常常會為一些小事情爭執，但從來沒有大吵過，目前都過得很好。算是過得還不錯。

嗯。

所以，

嗯。

你是不是可以回去了？

碩基的立場相當明確，我完全沒有插話的餘地，而且感覺也不適合打岔，所以我選擇保持沉默。再說，碩基說的都是事實。碩基真的是很好的男人，是很好的丈夫，而且我們彼此相愛，雖然我無法衡量是否像當初愛勇俊那樣愛他，但如果在這個世界上選一個我最愛的人，那鐵定會是碩基。

不過，我沒辦法開口趕勇俊回去。這和我愛碩基是兩碼子事。碩基一定也明白這點，所以他才決定由他來開口。我很感謝碩基，但同時也有些捨不得。雖然不該感到不捨，但我還是覺得不捨。

我也想要回去。

勇俊邊說邊用手掌搓揉後頸。

我已經見到秀貞，也看到她和你在一起，所以我想回去才是對的。

是。

總之目的已經達成，心裡還算輕鬆。我誰都不埋怨。

勇俊的語氣相當平靜，我覺得自己快落淚了。他說不埋怨別人，一定是真心話。但是怎麼有辦法不埋怨呢？人真的能做到嗎？還是因為勇俊已經不是人，所以才能做到呢？

……不過，我不知道怎麼回去。

勇俊說完，輪流看向我們兩人。似乎希望我們當中有人知道方法，告訴他該怎麼做。可我們當然不知道能讓他回去的方法，而且天已經亮了，一切熟悉的物件，也就是花盆、沙發和曬衣架等東西，都逐漸清晰地映入眼簾，我們卻仍然愣愣地看著彼此。

不管怎麼樣，碩基都得去上班，所以我和勇俊並肩站在玄關送他。碩基說他會詢問看看下午是否可以請半天假，然後就出門了。即使門已經關上，過了許久還是沒有聽到腳步穿越走廊的聲音。我就像犯罪者般低下頭，盯著碩基和我放在玄關的鞋子。後來突然想到，勇俊沒有鞋子可以穿。不只是鞋子，他身上也沒有錢、沒有外套、沒有可以去的地方。勇俊沒有家人，連格外親近的朋友都相當少。因此，勇俊死後想見的人只有我，所以他才像這樣來到我身邊。想到這裡，我胸口一陣酸痛。

與此同時，勇俊轉身走回客廳，觸摸擺放在各處的物件，並且一一端詳。

勇俊。

我出聲叫他，他聽到後轉過頭來。

嗯。

痛嗎？那個時候。
雖然我真正好奇的不是那件事，但我還是問了。勇俊笑著回答。
不會，一點都不痛。
那你有什麼感覺？
與其說不痛，應該說沒時間感受到疼痛。
原來如此。
不過我還是知道自己死了。或者說，知道自己會死。
你當時的心情怎麼樣？
害怕，非常害怕。
喔喔。
只要能活下來，我什麼都願意做。當時害怕到那種程度。
勇俊走到我們新買的電視機前面，邊用指尖觸摸邊說道。
其實我很擔心，怕秀貞妳也死了。

什麼意思？

死亡是這麼這麼的可怕，我擔心你也會經歷這種感覺。死後的世界很孤單、狹窄又寒冷，我在想妳會不會也跟我一樣待在這種地方。

怎麼會有那種事？

對啊，我的意思是幸好還活著，妳還活著。

我不曉得該如何回應，只好保持沉默。同時也在想，他那番話的意思是不是在埋怨我沒有跟他一起死？因為如果是我，肯定會埋怨。然而，勇俊卻毫不在乎，顧著參觀電視機，看完後又開始觀察放在旁邊的垂榕花盆。他觀察好一陣子後，拿一張衛生紙卷在手上，細細擦拭每一片葉子。「那個人，生前也喜歡照顧花盆。」我一點一點逐漸回想起過去的記憶。

這個時間妳通常都在做什麼？

勇俊一邊擦拭葉子一邊問道。

打掃，然後做飯吃。有時會去買菜。

原來如此。

昨天有買東西了，所以今天不用去。

那麼現在要幹嘛？

要煮飯吃啊！你肚子餓嗎？

我問完才想到他不可能肚子餓，勇俊卻漫不經心地回答。

不會，但我想吃妳煮的飯。

他回答後，又擦拭葉子擦拭了好一會兒，然後才把沾滿灰塵的衛生紙摺得小小的，丟進垃圾桶裡。通常碩基出門上班後，我午餐都吃得很簡單，把昨天晚餐剩下的食物弄熱後，大概配一塊麵包就夠了。不過今天勇俊也在，感覺應該要煮一頓正餐，於是便走進廚房裡。

你想吃什麼？

我站在廚房朝客廳問去，結果得到一個無趣的答案。

都可以。

好吧，那個人說話總是那樣。我打開冰箱，仔細地看了看。裡面沒什麼特別的材料，只有一團為了煮鍋而在前一天事先退冰好的松阪豬。剛好還有一盒碩基從老家帶回來的酸泡菜，於是我決定要煮泡菜鍋，開始在鍋裡煮肉湯。我打開儲藏泡菜的盒子時，勇俊問：

要煮泡菜鍋嗎？

嗯。

泡菜的味道，好久沒聞到了。

勇俊吸吸鼻子靠了過來，往保鮮盒裡一看。話說，勇俊之前喜歡吃泡菜嗎？如果喜歡，他比較偏愛哪一種泡菜呢？碩基喜歡不添加醃製海鮮的清爽泡菜，而且比起熟透的泡菜，更喜歡還沒那麼熟的；比起用白色的根莖類醃製的泡菜，更喜歡用菜葉醃製的泡菜。那勇俊呢？我以前肯定知道，但奇怪的是現在卻想不起來。「我已經忘記」的這個事實讓我很難過，因此站在原地盯著泡菜保鮮盒內看了許久。有段時期，我曾經非常自豪，認為關於勇俊的一切自己都瞭解。我知道他喜歡什麼、害怕什麼，而且他想要的東西就算不說，我也都知道。就像現在我對碩基的瞭解一樣。但想到這裡，我突然又覺得自己對碩基其實並沒有那麼瞭解。即使站在這裡的不是勇俊而是碩基，我依然會產生同樣的想法。那麼我瞭解的到底是什麼呢？我只瞭解關於自己的部分，除了自己以外的事物都無法記得嗎？

肉湯滾了。

勇俊提醒我。我戴上塑膠手套，把泡菜拿出來，切段後丟入鍋子裡，接著灑上辣椒粉並放入肉塊。完成這一連串的動作後，手機鈴聲響了。是碩基打來的。

那個人現在怎麼樣了？

我一接起電話碩基馬上就問。

他還在。

你們在幹嘛？

煮飯吃，煮鍋來吃。

他可以吃飯？

看起來應該是。

我下午先請半天假了，中午有聚餐，所以我得吃完午餐後再回去。

喔喔。

碩基似乎想再說些什麼，但他深吸了一口氣後，終究沒再開口。我也沒什麼要說的，所以繼續保持沉默，一邊用湯勺攪拌泡菜鍋，一邊盯著勇俊的後腦勺看。後來電話那一頭陸續傳來吵雜的人聲、電話鈴聲和打鍵盤的聲音。碩基在工作時也會發出那樣的聲音吧！我不瞭解那個世界的碩基。就像碩基也不瞭解，在他出門後我獨自在家裡生活的這個世界。

我該去忙了，等等要回去之前再打給妳。

好喔。

我掛掉電話後，勇俊轉過頭來。

他說什麼？

他說下午會請半天假，吃完午餐再回來。

瞭解，看來他很忙。

嗯，最近每天都很忙。我不太清楚，但他似乎是在負責某個大案子。

感覺是很有能力的人耶，妳老公。

他就是個只會工作的工作狂，在家裡也在工作。

我並非刻意要講碩基的壞話，話講出口後，才驚覺自己是不是失了分寸，忍不住面紅耳赤。但勇俊沒什麼特別反應，他彷彿本來就住在我們家似的，自動從牆上把隔熱手套拿下來，雙手捏住泡菜鍋的鍋子後拿到餐桌上去。另外又拿了兩個飯碗用木製飯匙填好飯，甚至連湯碗都放好了。

不好意思，飯是冷的。

沒關係。

雖然肚子完全不餓，但總之我還是在餐桌邊坐了下來。勇俊拿起湯匙，低聲說：

我開動了。

然後舀了一口湯喝下去。

好吃。

雖然勇俊那麼說，但我很懷疑是不是真的好吃。我也靜靜地舀了一些湯淋在飯上面，然後挖了一大口飯放入嘴裡。我正在努力咀嚼吃起來像塑膠顆粒的飯粒時，勇俊問：

妳和妳老公是怎麼認識的？

朋友介紹的。有珍，你還記得她嗎？

記得，個子高高的。

嗯，是那個朋友的同學。

很不錯耶。

對啊。

再說得仔細一點，我很好奇。

沒什麼好說的，很平凡。

就算很平凡，還是說給我聽吧！

勇俊和平常不一樣，特別執著。於是我拿著筷子，煩惱該跟他說哪些內容。

嗯……我們第一次見面是在合井的居酒屋。明明聽說他不喜歡喝酒，結果卻約在居酒屋見面……總之我一開始沒抱什麼期待就去赴約，結果那天兩個人都喝太多。後來聽他說才知道，他是怕自己太緊張，才覺得至少要喝點酒。

嗯嗯，嗯嗯。

之後過了幾天他都沒有聯絡我，所以我心想應該是沒有緣分，但最後他還是聯絡我了。他拜託我再給他一次機會，說這次見面一定會保持清醒。於是我們就見了面，一起看電影。從電影院出來不曉得能做什麼，就又走進酒吧。結果我們兩個又喝太多了。

很有意思耶。

真正有趣的是，我們就那樣見了五次面，結果五次都喝醉。他本來就是很謹慎的人，所以到我們見了第六次後，他才跟我告白，再加上彼此都已經有年紀，於是就順順地結了婚。

蜜月旅行呢？你們去哪裡？

馬爾地夫。一個天氣很好、風景很美、人很友善，什麼都很棒的地方。

妳實現願望了耶！妳不是一直很想去馬爾地夫嗎？

對耶，我也跟勇俊說過蜜月旅行想去馬爾地夫。當時勇俊爽快地應好，但我們倆都不知道馬爾地夫可以使用哪些貨幣，所以還一起研究過。不過，我和碩基去馬爾地夫時，有想到勇俊嗎？當我把馬爾地夫的貨幣拉菲亞摺起來放進口袋，用那個錢買芒果果汁喝、買辣螃蟹吃的時候，有想到勇俊嗎？我沒有想到他，完全沒想到他。我當時想的全都是天氣很好、大海很美之類的，只覺得很幸福。

對不起。

為了什麼？

對不起，我忘記之前約好要和你一起去那裡。

那個為什麼要道歉？我已經死了。

你又不自己想死才死的。

妳也不是想忘記才忘記的啊。

他這麼一回，我不知道該講什麼，於是安靜了下來。勇俊問：

我可以問妳一個問題嗎？

問兩個也可以。

我死之後，在妳遇到現在的老公之前，妳過得怎麼樣？

我看向勇俊，他把飯放入嘴裡，一邊臉頰塞得鼓鼓的，然後頭轉向另一側，假裝很認真地在咀嚼食物。雖然我知道他想聽我講什麼，但不知為什麼，我並不想照樣說給他聽，而且也想要點脾氣，因此悶悶地說：

當然很傷心、很難過啊！

妳很傷心嗎？

是啊，我一手包辦葬禮，還整理你的東西，啊對了，火葬後我把你的骨灰撒在影島的前海。你的故鄉不是在影島嗎？

我知道，謝謝，妳辛苦了。

你的表情在告訴我，你想聽的似乎不是這些。

對，我想聽的不是這些。

你想知道我有多難過，又是怎麼個難過法，對吧？

很清楚嘛！

雖然勇俊承認得太爽快實在很惹人厭，但既然他想聽，我還是決定說給他聽。

我一直在哭，而且很後悔。如果我當初沒忘記幫你訂高鐵票，或是不讓你搭客運，改搭飛機，又或是不讓你搭優等客運，而是一般客運，狀況會變得如何呢？我一直哭，哭了又哭，後來哭到淚腺發炎，還去了一趟醫院。除此之外也瘦了很多。

原來如此。

對啊，當初就是那樣。我哭到睡著後，會在夢裡看見你。你真的很討厭，既然是在夢裡，如果你能埋怨我還比較好，但你沒那麼做，看起來也和平常一樣白白淨淨的。你在夢裡跟我一起吃飯、散步。但醒來後，你並不在我身邊。再加上你討厭拍照，所以也沒留下幾張照片。

對不起，雖然有點晚了，但要不要現在來拍一下？

算了吧，算了。

妳那麼難過，後來怎麼樣了？

能怎麼樣，就變成這樣啊！

就變成這樣是什麼意思？

在我說話的時候，勇俊不知不覺已經清空了他的飯碗。他把空碗和湯碗疊起來，再將湯匙和筷子放在碗上，一起拿到流理臺去泡水。「心思真細膩。」我邊這麼想邊把吃了一半的飯碗拿了過去。

就變成這樣了。我以為我忘不了，也覺得不能忘記，但還是忘記了。

原來妳忘了啊！

不是一次全部忘記的，而是一點一點地。舉例來說，假設你是一只茶杯好了。杯子打碎之後，我把所有碎片都搜集起來，連那些發亮的小碎屑，也都用指尖黏起來收好。一開始是這樣。但是那些碎片漸漸弄丟了。最後只剩下大的碎片。那些大的碎片本來都很銳利，每次拿出來時都會割傷手，但是隨著時間流逝，稜角都被磨平，變得越來越鈍。

我懂，我好像懂。

想埋怨我就埋怨吧！

怎麼會埋怨妳？

你不是很生氣嗎？你一定很氣。當初那麼愛你，還說不會忘了你，結果現在……。

妳在我死的時候埋怨我了嗎？

很埋怨。不過很快就不再埋怨了。只是很想念你。

我也是一樣。而且，總有一天，如果我往後能持續存在於某個地方，我也會像妳忘記我一樣忘記妳的。

勇俊走回餐桌坐下。他抽了張放置在架子上的濕紙巾，擦拭灑在餐桌上的湯汁。我看向勇俊捏著濕紙巾的手指，忍住淚水。雖然嘴巴歪曲成很奇怪的模樣，眉頭也皺成一團，但我還是繼續忍住。因為我覺得不能哭，哭了似乎會後悔一輩子。

一定會那樣的。

勇俊小聲低喃。

碩基大概快接近兩點才回到家。他一回來就用冷靜的表情問：「吃飯了嗎？」於是我回答：「吃了。」但隨即又想，他剛剛已經問過的問題，怎麼還問？勇俊本來坐在沙發上，猶豫了一番才站起來用眼神跟碩基打招呼，碩基也尷尬地回應他。結果我們三個人同時都慌張起來，不曉得該怎麼做。最後還是像早上那樣，再次圍坐在餐桌旁。

我有想過了。

碩基清了清喉嚨，開口說道。

我覺得，你心裡可能對於自己已經死亡的事實還沒有很深刻的認同。

什麼意思？

一般死掉的人，都會直接消失嘛！直接。不會停留在哪裡。

嗯。

不過，你說你一直待在某個地方。在狹窄又黑暗的地方，像個影子一樣待著。

對。

我覺得，這是不是因為你無法認可自己已經死了……所以才會那樣？

也有可能。

我在公司用網路搜尋過關於你的新聞。就是關於那場車禍的。客運上的人全部都死了，這樣說有點抱歉，新聞上說你們都是當場死亡。

好像是那樣沒錯，在我的印象中。

是的，所以，會不會你知道自己死了，但卻還沒辦法理解呢？會不會是那樣？而且你在人間還有遺憾，所以才會附身到手指甲之類的東西上面。雖然這麼說有點冒犯到你。

不會。

也就是說，我在想，我們要不要去那裡看看？

哪裡？

就，客運翻覆的現場。我看新聞上說，好像是在忠洲交流道附近。去那邊看看後，你應該會，怎麼說，內心可能會有些變化？我是這麼想的。

果然是碩基的作風。然而，我總覺得事情不會照那樣發展。如果反問我為什麼，我也沒有足以提出來反駁的方案，但就是覺得問題似乎沒有那麼單純。不過我看向勇俊時，勇俊點了點頭，擺出一副有可能是那樣的表情。

這個點子不錯。

那麼就這樣做吧！現在就出發。

碩基站起身，重新穿上掛在椅子上的外套。既然兩個男人都說要去，我也趕快換上外出的衣服，感覺沒時間洗過頭再出門，於是又戴上了帽子。一切都準備好，正要出門時，愣愣地站在玄關的碩基突然「啊」了一聲。

嗯？

鞋子，你沒有鞋子穿。

啊，對耶。

勇俊在原地躊躇時，碩基打開了鞋櫃。然後從櫃子深處拿出一雙碩基的三線拖鞋[7]放在玄關地板上。

請穿，直接穿走也可以。

謝謝。

我心裡偷笑：「是能走到哪裡去？」勇俊一穿上拖鞋便發現尺寸非常吻合，彷彿事先挑好的。看來兩個人的體型的確很接近，我這麼想時心情莫名愉快。我們搭乘電梯前往地下停車場。碩基和我坐前面，勇俊坐在後座。

車子很好耶！

勇俊觀察內部後說。

請繫安全帶。

碩基對我們說。我沒有多想，如往常一樣搭上車就拉過安全帶繫好，這時勇俊卻笑了。

我應該不用繫也沒關係。

說完便咯咯笑出聲來。碩基一臉慌張地偷偷喵向後視鏡，稀奇的是碩基的嘴角也稍微上揚，看起來略帶點笑意。不過碩基終究還是沒有笑出來，而是打開導航，在目的地欄位輸入忠州交流道。導航用輕快的聲音提醒：「距離目的地需花費一個小時十五分鐘。」車子出發時我心想，經過一個小時十五分鐘後，勇俊就會消失嗎？

碩基保持沉默專心地開車，我們很快就開上高速公路。我轉頭看向坐在後座的勇俊。勇俊正專注凝視窗外咻咻地快速經過的高速公路隔音牆上的圖畫，我看著他沉著冷靜的側臉，那實在太過平靜，不像馬上就會消失的人，但不曉得實際狀況會如何。我再次看向前方，安靜地等待直到抵達目的地。

好像就是這裡。

勇俊說。我們把車子停在路肩後下了車。這個位置稍微超過忠州交流道，旁邊是車子疾駛奔馳的高速公路。頭頂上方有高架道路經過，高度非常高，如果從那裡摔落，勢

7 韓國幾乎人人都有的拖鞋款式。

必會全員死亡。

停放車輛的路肩旁邊，有一塊碎石空地，上面有幾團草叢，還稀疏地開了一些黑心金光菊。一旁的標誌牌上寫著落石注意，地上還畫有區分路肩和車道的白線，一切都還很新，完全看不出有許多人死在這裡，而且這裡甚至有種幽靜的氣氛。不曉得是不是因為這樣，碩基也露出微妙的表情，一邊用手搭在額頭遮陽，一邊四處環視。

沒錯，就是這裡。準確來說，應該是這個位置。

勇俊走進草叢後，大約又往深處多走了七八步，停下來站在那裡。不過距離事件發生已經過了五年，那裡當然什麼都沒有。只有蟲子在他撥開草叢時四處亂跳。

雖然應該很痛苦，但還是請你回想看看。

我試試。

碩基出聲催促後，勇俊便在那個位置蹲坐下來，閉上眼睛。「那樣會有效嗎？」我心裡雖然這麼想，卻什麼話都沒說，只是注視著勇俊。下午的陽光灑落在我們三人的頭頂上，長了好幾片翅膀的蟲子停在我們的四肢上。我可以聞到腳下踩著的草飄散出來的青草味。「這樣待著，感覺我們好像是來郊遊的。」一如此奇怪的念頭突然在腦中閃過。

就在那時，勇俊消失了。

碩基和我同時「啊」地大叫一聲，然後快步跑向前方。明明幾秒之前，勇俊還蹲坐在那裡，但現在只剩下碩基的三線拖鞋孤單地留在原地，完全不見勇俊的蹤影。我明明一直看著他，我明明緊盯著他不放，他還是在我沒有察覺的瞬間消失不見。我既驚訝又覺得荒謬，傻傻愣在原地。碩基靠過去從拖鞋上撿了某個東西起來放在手掌心，然後遞給我看。

妳看。

我不用看也知道，那是陳年發黃變色的指甲碎屑。碎屑乾燥到縮成一團，我從碩基的手掌心上拿起來後，仔細端詳了許久。原來真的是手指甲啊！我使力用拇指和食指把指甲捏成兩半，它立刻「喀嚓」一聲斷裂開來。我用鞋子在地上撥了撥，稍微挖出一些土後，把碎片埋進去。靜靜地在一旁注視這一切的碩基開口說道：

走吧！

嗯嗯。

我本來將勇俊留下來的拖鞋從地上撿了起來，但又想到就算帶回家，碩基應該也不會再穿，於是又放回原地。我們上車後，碩基再次把導航目的地設定為住家，然後打開空調讓冷風吹出來。這時我才發現，天氣其實滿熱的。

這事真的很奇怪。

碩基手握方向盤，說道。

嗯，真的很奇怪。

我也跟著附和。車子出發後往左邊緩緩轉彎，我們再次駛上高速公路。我從清晨開始就沒睡好，再加上現在有種事情已經結束的微妙安心感，所以睡意似乎正在襲來。我把頭往上仰後閉上眼睛，碩基穩穩地加快車速。我從後視鏡看見路肩的景色。「再見。」我在心裡默默道別。

雖然我沒跟勇俊說過，也沒跟碩基說過，但我以前其實去過那個地方。在勇俊死後大概還不滿一年的時候。我沒辦法像勇俊那樣找出準確的位置，不過有大概推測可能的地方，然後在那裡坐了許久。雖然沒能感受到任何勇俊留下來的痕跡，只有煤煙層層堆疊在臉上，但我還是繼續坐在那裡。腦中盡是尋死的念頭。看是要跑入車陣中，還是要割手腕，不管用什麼方式，我都打算在那裡尋死，因為我覺得那麼做就可以見到勇俊。必須死在同一個地方，死後去同一個地方的機率才會稍微再高一點。即使這種想法很虛無縹緲，我還是抱持著這樣的念頭抵達了那個地方。我到那裡等待。

現在已經想不起來當初為什麼沒有自殺，而我又是怎麼從那裡回到家的。是為什麼呢？我想破了腦袋也毫無頭緒，但總覺得應該是很瑣碎的理由。或許是突然想喝可樂，又或許是想知道尚未完結的電視劇會有什麼樣的結局。沒錯，就是那樣。大概就是那種事情。一定是那樣的理由。

我突然覺得有某個東西從我的屁股和腰部附近，「咻」地竄了出去。那種感覺太過鮮明，我甚至有種肚子裡少了東西的空虛感。轉過頭一看，在我的背後似乎有某個黑色影子之類的東西，拉得很長很長。雖然看不到盡頭，但我就是知道那個東西延伸到哪裡去。

車子持續奔馳，那個影子有好一陣子就像尾巴一樣，長長地拖在後頭，越來越長，越來越細，然後在某個瞬間「啪」地斷掉了。那個東西斷裂的瞬間，我的身體雖然稍微顫抖了一下，卻沒有被嚇到。我也沒再回頭看。只是將身體埋入副駕駛座的椅背中，打算睡上一覺，而且立刻就睡著了。與此同時，碩基的車子繼續沿著我們剛剛開來的道路奔馳，往我們家的方向前進。

蒼鷺俱樂部

「襄美家小菜」在上個月十號倒閉了。當然，看你用什麼來定義倒閉的基準，確切倒閉的日期可能會有所不同。看是要以客人開始減少的時間為基準，還是以支出大於收入的時間為基準，也就是說，逐漸察覺有倒閉跡象，其實已經是很久之前的事了。不過，我在上個月的十號才進行歇業登記，所以官方記錄上的倒閉時間的確是在十號。我梁襄美是個會寫日記的人，不論是開心的時候，還是難過的時候，我都會在日記本上詳細記錄那天的點點滴滴。但我看這一天的日記，上面只寫了一行字，再加上或許是筆剛好就只剩那一枝，所以還是用駭人的紅色寫的：「歇業登記：冠岳區公所官網。」雖然這比起日記，應該更接近於備忘錄，但總歸還是為了記錄那天的事情而寫下的內容，而且除了這個句子之外，我再怎麼想也想不到其他更適合的描述，因此我認為將這個看作日記也無妨，才直接寫了下來。寫下後，我按照那內容打開冠岳區公所的官網，在上面申請歇業登記。現在都處理完了，往後要做什麼呢？既沒有要做的事，也沒有特別想做的事。完蛋的是店鋪，不是梁襄美的人生。然而，我就像是歇業後，人生也跟著歇業的人一樣，對任何事情都提不起勁。但即使如此，如果什麼都不做，白白等時間流逝，一天的時間又太過漫長……所以我做了什麼呢？我去走路。簡直像從一開始就打算在歇業後這麼做的人一般，不對，應該說就像為了去走路而故意把店面搞垮的人一樣，我從早上開始就毫無計畫地瘋狂走路，一直走到晚上。

一開始只是整天在街頭到處亂晃。從家裡出門走大約二十分鐘之後，會到新林站附近的十字路口。那邊有購物中心、二手書店、咖啡廳等等，有很多可看的東西，所以我主要都是去那裡。我的積蓄已經揮霍殆盡，沒有錢可以亂花，所以我沒在那裡買任何東西，也沒吃任何東西。只是看些可以看的東西，又把玩些可以觸摸的東西，如此到處參觀罷了。我或站著翻閱書本，或在電影院閒逛，看看最近有哪些不錯的電影。不過，在人潮熙攘的地方待得久了，終究還是很疲憊，而且看的都是買不起的東西，我很快就精疲力盡了。再加上大概是因為位於繁華地段，所以有很多新進駐的店家，也有很多關門的店家，看到那些景象，我不僅心裡刺痛，還總是在那些店面門口站著發呆許久才回家。這類狀況一再反覆之後，不管是什麼類型的店面，別說是走進去了，我光是從前面經過就會變得很傷心。

因此，最終前往了位在街道下方的道林川。道林川的河面狹窄，水深很淺，並不是什麼壯觀的河川。不過，在河川的兩側，一邊是以PU材質鋪成的散步道路，另一邊是綿長的自行車道路，兩邊的道路都長到不見盡頭，似乎永遠都走不完。雙腿只要沿著修整得很平坦的道路移動即可，不需煩惱前進的方向，也不需定下目的地，只需像上緊發條的鐵皮機器人那樣搖頭晃腦的行走。正值初夏，天氣尚不炎熱，不過走著走著，全身還是被汗水給浸濕，不知不覺便經過新道林站，走過安養川。途中每隔一段路就會看到標誌牌上寫距離漢江還剩幾公里，我愣愣地推想：「看來沿著這條路一直走就會抵達漢江。」雖然只要下定決心就能走到那裡，但我從未去過。講到漢江，總覺得像是郊遊才會去的，非常愉快又明亮的地方，實在不像現在的我適合去的。只要察覺已經接近漢江，我便會緩緩掉頭，順著來的方向重新走回去，即使一直在走，卻不覺得自己在走路。

我就這樣一直走路，過程中想的當然是店面倒閉的事情。

開業初期，收入相當不錯。店面位於大學洞的綠豆街上方，四處充斥著出租套房建築物的巷子內。低廉的房租雖然也相當吸引人，但我看中的主要是那裡聚集了許多年輕人口，實際經營後果然也不辜負我的期待。白天來的大多是學生，他們常會買走一兩盤煎午餐肉、辣炒豬肉和豬肉煎餅；晚上來的大多是下班的上班族，他們會買走適合配啤酒的涼拌泥蚶或是泡菜煎餅。受歡迎的小菜也經常在結束營業之前銷售一空。客人每購買一盤小菜，我就會幫他們在名片大小的卡片上蓋一個章，集滿十個章就可以任意挑選一盤小菜，還曾經有客人在三天之內就集滿一張卡。我總是會對見過的客人問：「怎麼樣？口味如何？還吃得慣嗎？」當然，大部分的客人總是回答很好吃，因此我也很安心。心情安定下來後，整天工作起來都很愉快。在我處理菠菜、翻炒魷魚絲、整理大蔥，一邊聞著食物的味道，一邊被熱氣蒸騰時，都不覺得疲憊。當我將辛苦料理好的小菜漂亮地用拋棄式容器包裝好，一盤接著一盤堆疊起來後，總會有種在堆金塊的欣慰感。

開業大約過了半年後，我開始嗅到奇怪的氣氛。關門後我會將剩下的小菜拿回家，在比較晚的時間自己吃頓晚餐。但不知道從哪一天開始，平常吃不到的小菜，漸漸開始變成我的晚餐。也就是原本做多少就賣多少、不曾剩下來的辣炒豬肉、煎蛋卷、豬肉泡菜鍋等東西。一開始我沒有多想，但過了一周，到第十天之後，就連遲鈍的我也察覺到事有蹊蹺。某天晚上，我獨自坐在家中咀嚼著那些食物，猶如在咀嚼沙粒，終究還是推開餐桌椅子站起身來。慌亂地把之前以忙碌為藉口，未曾認真整理過的帳簿和收據全都搜刮到一處，試著結算金額。確實看見有明顯減少的跡象……我的收入。

後來的狀況已然失控。不管我做了多麼美味的小菜，使用味道香濃的芝麻油，客人還是不上門。即使我將寫有特餐的立牌擺到巷子口，推動買二送一的特價活動，生意依然沒有起色。我也嘗試雇用日薪工讀生，讓他們四處去發傳單，並且熬夜在附近地區的社群網站上發布廣告文。但一切都徒勞無功。

要等到晚餐時間，才有一些客人上門，但後來連晚餐時段都沒有客人了。我呆坐在收銀台後方，守著空盪盪的店面。小菜在冷藏櫃裡逐漸冷去，我的身體彷彿也逐漸失去體溫。就這樣持續等待不會上門的客人，在過程中變得越來越寒冷，最後甚至失去光澤，呼吸也越來越微弱時，我覺得自己遭受了背叛。彷彿這個地區的人都在某個地方成群結夥，全都相約好不要再來這家店，卻只有我毫不知情似的，心裡非常難過，又非常憤怒。我還曾經把剩下的小菜塞進嘴裡，出聲喊道：「明明這麼好吃，到底是為什麼？」獨自忿忿不平。這種狀態又再持續了幾個月。即使沒有客人，還是得繳房租；即使小菜總是放到壞掉，還是要填滿冷藏櫃，我就這樣白白投入了許多資金，勉強支撐下去。

某天，獨自白忙了一整個上午後，下午有位客人上門。我眼神呆滯地看著他挑選小菜，把冷藏櫃開了又關，便不自覺地跟那位客人搭話：

「你覺得小菜為什麼賣不出去？」

結果，那位客人把戴在耳朵上的耳機拿下來，反問：「什麼？」這時我已經開始後悔自己講了沒有意義的話，不過既然已經開口，便再次重複了剛剛的問句。那位客人聽到後皺了皺眉頭，嗯哼了幾聲煩惱一番，最終回道：

「不太清楚耶……大概是因為有很多東西比小菜好吃吧？」

然後他又接著說：「啊，我的意思不是說這家店的小菜不好吃。」說完便放下他挑選很久的涼拌蕨菜和櫛瓜煎餅，就那樣走了出去。也是，如果是我，被老闆問了這種問題，也不會在那邊買什麼東西，不過還是覺得有些難過，所以索性早早關了店門。冷藏櫃裡的小菜原封不動地放著，我直接回到家中，然後坐在平常根本沒在看的電視機面前發呆。那時我才第一次意識到，再這樣下去，店面可能會倒閉。

不過我也只是意識到罷了，依然對於這件事會實際發生沒什麼真實感。後來又撐了幾個月，我的錢和精神力完全被消耗殆盡，終究還是決定關門歇業，把店面頂讓出去，並且將設備全都交給二手買賣的業者。但是在決定歇業的時候，以及這一切事情都處理完之後，我依然對於店面倒閉的這件事很沒有真實感。就連隔天睜開眼睛後，想到我再也不需要去坐著顧店，因而將臉埋入枕頭，在床上躺了許久的那個時刻也是一樣。

我一邊走過道林川一邊想，這就是我失敗的原因。完全不具備現實感，光是毫無根據地樂觀認為一切都會好轉。

當然，原因不單單只有這個。開始思索倒店的原因後，總覺得所有事情都有充分的理由促使店面倒閉。就像那位客人說的，世界上有非常多美味的東西，我卻偏偏選擇賣小菜；為了追求健康的味道，完全不添加任何化學調味劑；考量資金支出，結果沒有在公車站側面的看板刊登廣告等等。每當我想到可能促成倒閉的原因時，就會在內心中打開筆記本，把內容都記錄上去，然後回到家再細細斟酌每一項原因，並且不斷埋怨自己。我就這樣每天走十幾公里的路。後來乾脆連走路都不走了。早上睜開眼就習慣性地把衣服撿起來穿好，往道林川走去，但稍微走了一點路就作罷，而是改坐在散步道路旁設置的長椅上，或者跨坐在石頭上，盯著天空發呆，消磨了一整天才回家。

之後某日，發生了一件事。那天我也坐在長椅上看著河川，突然有個人走過來坐在我的身旁。我顧著討厭、埋怨自己，別人坐或不坐我旁邊，全然沒心思去管。隔壁的人用跟我一樣的姿勢坐在椅子上，她不看手機，也不看書，就那樣凝視著正前方好一陣子。然後，突然開口跟我搭話：

「妳經常來這邊呢！」

我嚇了一跳，往旁邊看去，坐著一個年紀與我相仿的女人。我不太愉快地觀察那個女人的穿著打扮。雖然就像她說的，我是經常來這個地方沒錯，但她看起來並不眼熟。當然，我打從一開始就沒心思去觀察每個擦身而過的人。總之，我心中猜想，陌生人笑著搭訕鐵定不懷好意，所以別說是回應她了，我還刻意把視線移開。不過，女人似乎也不太期待我的回應，她只是用饒有興致的眼神持續盯著某個地方看。我好奇她到底在看些什麼，便順著她的視線望向河川邊緣，水藻和乾枯蘆葦叢生的地方，發現那裡站了一隻巨大蒼鷺。

「仔細看，牠看起來就快成功了。」

女人說話的同時並沒有將視線從蒼鷺身上移開。我思索是什麼事情會成功，不自覺地也一起盯著蒼鷺看，結果就在我訝異道林川竟然有體型那麼大的鳥時，蒼鷺突然將狹長的喙伸入水中。下一個瞬間，我和女人同時「啊」地一聲發出讚嘆。蒼鷺再次抬起頭時，喙的尾端很神奇地咬著一隻活蹦亂跳的青鱂。蒼鷺很有技巧地動了動，把魚一口吞進肚裡，然後彷彿什麼事都沒發生似的，搖搖擺擺往前走了幾步。

「哇！真的很會抓耶！」
我忍不住雙手緊握，開口說道。女人聽了展露笑容。
「對吧？看著看著真的很有意思。」
還不到有趣的程度，我只是覺得很神奇罷了。我覺得自己就快要掉入女人的圈套，頓時打起精神來，收拾了表情。從店面倒閉後一直到現在，我的臉不再像是臉，更像是有裂痕的石頭，所以要再次換回沒有表情的面孔是非常容易的事，不過變回石頭之後，我立刻意識到一個事實，那就是剛剛我的嘴角稍微上揚了。有什麼事情值得我笑嗎？鳥捕魚來吃是什麼好笑的事嗎？梁襄美還真是連自尊心都沒有，把店搞垮了還能坐在這邊笑。我在心裡嘲笑自己，那女人卻彷彿看穿了我般，得意洋洋地說：
「看吧！笑出來後就一直想笑吧？」
我一臉荒謬地盯著女人看。「妳對我又瞭解多少了，憑什麼說這些？」雖然這話都到了喉頭，實在很想大聲喊回去，但與其跟她聊，還不如離開現場比較好，於是我閉上了嘴巴。當我躊躇地站起來時，女人仰頭看著我，問：

「不曉得妳對看蒼鷺有沒有興趣？」

她是在講什麼？就在我忍無可忍，氣得要轉過頭的瞬間，女人將食指放到嘴脣上「噓」了一聲，然後用下巴指了指蒼鷺，我不自覺地往那邊看過去，那時蒼鷺又再次將喙伸入水中。牠的動作非常俐落，沒有絲毫遲疑。緊接著便看見牠抓到一隻胖嘟嘟的青鱂，迅速地吸進喉嚨裡。我不禁低聲喃喃自語：「真的好壯觀。」於是女人用一副「妳看吧」的表情望著我。

我再次坐回長椅上，並從她那裡得知，她的名字是金夏榮，隔周周末都會來道林川賞蒼鷺，而且除了金夏榮之外還有兩個女人每次都會一起參加，她們自己有正式的聚會活動。我一邊想這種莫名其妙的事情她們竟如此認真投入，一邊又覺得這女人想拉我加入她們的團體實屬可笑。總之，現在這個狀況我要抽身實在太尷尬，只好乖乖地在金夏榮遞過來的手機上輸入我的手機號碼，然後再把手機還給她。雖然做是做了，但我心裡仍舊懷疑，不確定這樣到底對不對。

「不過關於我加入的事情，其他人不曉得會怎麼想……」

我自然不是真的好奇那些人的意見。只是禮貌上說說，而且更坦白地講，我其實是繞著彎跟她說我根本不想加入，但金夏榮卻揮揮手，非常有自信地回我：

「唉呦，別擔心。大家都會很高興，她們還要我努力勾引妳。」

然後又補了一句：

「其實我已經觀察妳好幾天了。不是刻意要看妳，是因為妳很顯眼。」

「我？我很顯眼？」

金夏榮看見我的反應，把眼睛瞪得又圓又大，一副「妳難道不知道嗎」的表情。

「當然啊！非常顯眼。妳那麼常來這裡，原來真的完全沒注意周遭的狀況啊！妳看看，平日這個時間，在天氣這麼好、空氣這麼棒的地方走路，卻擺出那種表情的人大概只有妳一個人了。」

這番話讓我完全說不出話來。

轉頭看了看四周，還真的像她說的那樣。夏天才剛開始，在溫暖的氣息中，不論是天空還是樹木，沒有一處不蔚藍或不青綠的，全都非常明亮。在散步道路旁的茂盛草皮上，開滿了蒲公英，就像是有人路過時掉了金幣那樣，朵朵綻放，綿延不斷；河水在串串細柱柳下嘩啦啦地流淌，往四方折射出點點亮光。還有人們，在這片美麗的風景中，有人在走路，有人讓小狗跑在自己跟前，有戀人各分一邊耳機，有人專心在慢跑，有人手中拿著熱狗。雖然每個人的年齡和打扮都不同，但臉上同樣都散發出柔和的氣息。也就是說，到目前為止，在如此美麗的世界裡，只有我一個人死氣沉沉的。真的只有我一個人既陰暗又憔悴，一眼就能辨別出來。一意識到這點，我突然感覺內心深處好像有某個什麼被又鈍又重的東西壓著。

「沒關係，沒關係。每個人都有這樣的時期，沒什麼。」

金夏榮溫和地說。語畢，她輕輕拍了拍我的肩膀，彷彿我們已經是認識多年的朋友。我嚇得縮緊身體。

「剛好我們這個周日有聚會，妳如果感興趣一定要來。我會再傳訊息告訴妳集合的地點和時間。」

金夏榮說完後立刻站起身來。她用手抵在額頭上遮住陽光，看向蒼鷺飛往的河川上游。看起來是要去找蒼鷺。

「那麼，我先走了。」

金夏榮闊步往上游走去。我一臉愣愣地盯著金夏榮的背影看。她身高很高，而且瘦到讓人心疼，看起來就跟剛剛那隻蒼鷺非常相似。還是，她其實就是蒼鷺？我坐在長椅上，短暫進行這類荒誕的想像，但很快就作罷了。因為熟悉的聲音清楚地在耳邊響起：

「我就是這麼沒有現實感，才會把店搞垮了。」

周日下午兩點，我雖然已經站在舊新林劇場附近靠河川的入口，正用運動鞋的鞋尖搓揉著地面，但直到這個當下我都還在煩惱自己這麼做是否恰當，所以金夏榮如果沒有先認出我，邊大喊「襄美」邊跑過來，我應該會直接回家。

「我還以為妳不會來，沒想到妳真的來了。」

在笑咪咪的金夏榮身後，有兩個女人緩緩朝這邊走過來。一個看起來大約是五十出頭，另一個看起來是大學生，身上還散發出青澀的氣質，感覺才剛升上二年級。年輕女孩子的脖子上掛了一條粗厚的皮製背帶，一臺手掌大的數位相機搖搖晃晃地吊在背帶尾端。

「等一下再自我介紹，先找找蒼鷺吧！」

我們彼此尷尬地以眼神打完招呼後，金夏榮就昂首闊步地帶頭走在前面。我們跟在金夏榮後面，往下走入通往道林川的步道入口。雖然我幾乎每天像上班一樣來這裡打卡，但還是第一次和別人一起來，而且還是和初次見面的人一起來看蒼鷺，這真的非常奇怪。我以新的心境再次環顧四周熟悉的風景。帶頭的金夏榮似乎已在心中定好了目的地，她前進的步伐絲毫沒有猶豫，另外兩個女人都默默地跟著她走。不過，蒼鷺是很常見的鳥嗎？如果沒找到怎麼辦？當我們走了超過十分鐘，我心裡逐漸開始煩惱的時候，金夏榮突然停下腳步。

「這裡應該就可以了。」

金夏榮指了指橫越河川的攔砂壩一側。她彷彿施了魔法似的，那裡真有一隻蒼鷺正停在那裡盯著水面看。雖然我走在最後面，但我認為自己還是有睜大眼睛，邊走邊仔細觀察河川……這也太神奇了吧，難道她身上內建尋找蒼鷺的感應器嗎？我驚訝地盯著金夏榮看。不過另外兩個女人彷彿早已習慣這種事情，臉上沒什麼特別的表情。年紀比較大的那個女人以舒服的姿勢在步道旁的大石頭上坐了下來，而年輕女孩則是將手肘靠到圍欄上，打開相機。雖然一看就知道不是什麼高階相機，但女孩還是用非常謹慎的姿勢屏著氣將右眼貼在相機上。

「襄美妳也找個舒適的姿勢看吧。」

開腿站著的金夏榮勸道。我聽了之後尷尬地蹲坐在原地。這隻蒼鷺比上次我和金夏榮一起觀賞的那隻還小很多。我對鳥不太懂，不過我猜想牠可能是剛成年不久。牠能順利獵食嗎？

蒼鷺逆流站立，持續注視著自己腳的下方，許久都沒有動作。乍看之下，牠比起在獵食，看起來更像是單純低著頭休息。不過仔細端詳後馬上就會知道並不是那樣。雖然蒼鷺看似悠悠地站在那裡，但其實牠小小的身軀，尤其是牠的眼睛和喙正全神貫注於當下的狀況。牠用輕鬆的姿態掩飾殺氣，只是很有耐心地繼續等待，等待能準確無誤取得成功的那一次機會。我驚嘆不已地屏息注視，死盯著蒼鷺。感覺連一瞬間都不允許分心。

「喔！」

在非常短暫的剎那，蒼鷺伸長了脖子斜斜地往前方探出去，我同時聽到旁邊傳來相機喀擦喀擦的快門聲。當蒼鷺快速地將喙伸入水中又抽離水面的時候，尾端咬著某個東西。那是一隻體積龐大肥滿的青鱂，沒想到道林川裡竟然會有那麼大條的魚。雖然青鱂劇烈掙扎，但終究還是無法掙脫，「咕嚕」一聲順著蒼鷺的喙被吞了進去。

「超級酷的。」

年紀較長的女人低聲說道。我轉過頭去看，女人朝著我露出笑容。彷彿獵食成功的不是蒼鷺，而是她自己那般，臉上滿是欣慰的神情。想必我的臉上也是同樣的表情。明明不是什麼特別的事，只不過是鳥捕到魚的場景罷了，但神奇的是，我卻被這樣的畫面觸動，沒錯，我心中確實有所感觸，說是感動也完全不為過。再加上這種感觸並不只有我體驗到，而是聚在這裡的四個女人都同時感受到了，這是很尋常的反應，至少在這個地方，這是很普遍的事情。我重新體悟到這個事實後，心中莫名覺得有趣與平靜。

「牠看起來還很年幼，卻很會抓耶！」

我也不自覺地低聲說道。

「不論年輕或年長，蒼鷺都很會捕魚。」

「年輕的孩子們好像更會抓。妳再看看，牠等一下鐵定還會再捕到幾隻。」

金夏榮和年紀較大的女人輪流輕聲接話。年輕女孩將臉湊近觀景窗，勤快地觀察著什麼，隨後又再次將右眼貼近相機。她緊貼相機的左臉看起來非常認真。

我們又繼續觀賞蒼鷺獵食好幾個小時。蒼鷺並不是每次都能成功捕到魚，大概每五次會有一次抬起頭時喙是空的，當然遇到那種狀況時，蒼鷺臉上並沒有任何表情，感覺牠好像立刻就忘掉剛剛是成功還是失敗，馬上就投入下一次的狩獵。如果蒼鷺成功了，我們會低聲發出讚嘆；要是失敗，我們會氣得跺腳。有些路過的人在我們身後短暫停留，好奇這幾個女人到底是在看什麼；有時蒼鷺會被小孩子啪噠啪噠玩水的氣勢給嚇跑。那麼我們就會慢慢地跟上，如果蒼鷺飛得實在太遠，我們會往下游走，去尋找其他蒼鷺。雖然我總擔心沒有蒼鷺怎麼辦，但每次金夏榮都能找到蒼鷺，看來她在這方面很有天賦。大步走在前頭的金夏榮一找到停憩在河邊的蒼鷺，就會伸手指出位置，然後我們隨即會再次以舒適的隊形，或是圍坐下來，或是站在原地，重新開始觀賞。

後來，天空的某一角終於開始變暗。年輕女孩朝金夏榮的方向揮了揮相機。看來電池已經耗盡了。

「今天就看到這裡。既然有新人加入，我們稍微走一下路再散會吧！」

金夏榮一說，我們便拍拍屁股站起身來。同時也不忘用腳撥弄剛剛坐在我們屁股底下，一圈被壓得扁扁的花草，好讓它們恢復生氣。然後我們開始慢慢回頭往上游走，也就是先前走來的方向。

我們緩緩走到舊新林劇場前的社區公車站。在路上我得知了許多資訊：年紀稍長的女人名叫沈同美，而年輕的女孩子則叫江熙珍。包含金夏榮在內，她們三個人都住在美林女子高中十字路口的山坡附近，也就是我家附近。另外，她們隔周的周日都會像這樣聚在一起觀賞蒼鷺，而且已經進行了半年以上。

不過真正讓人驚訝的事，是發生在我說出自己名字的時候。

「我叫梁襄美，我也住在大學洞。」

我簡單地自我介紹後，江熙珍突然停下腳步，盯著我看了看，問道：

「妳是不是開小菜店的那位？襄美家小菜？」

「對，雖然現在關門了。」

出乎意料的問題稍微嚇到了我，沒想到一旁的沈同美又接了一句話。

「那裡我也知道，就在我們家前面的巷子嘛！」

「喔喔！我有買來吃過耶！那是襄美開的店喔？」

金夏榮也接著說。我不知要做何回應，只是輪流看著三個女人的臉。在這麼小的地區，哪裡開了什麼店，而哪間店倒閉了，大概每個人多少都會知道，不過除了我之外，竟然還有其他人記得襄美家小菜，而且還不只一個人，也不只兩個人，而是三個人都記得。

我既驚訝又感激，嘴巴微微張開，這時沈同美說了句話，不經意地給我關鍵一擊。

「那家店的小菜，滿好吃的，我很喜歡。我家老公也吃得很香。」

幸好我趕緊用力閉上嘴巴，才能避免在大馬路中央纏著今天剛認識的人大哭一場。但是想馬上回答時，卻覺得喉嚨內側彷彿腫了起來，有股熱呼呼的感覺，哽咽著什麼話都說不出口，我只是一臉泫然欲泣，盯著沈同美看。

「唉呦，怎麼了？怎麼了？」

慌張的沈同美走近端詳我的面孔，只見我硬是忍住淚水。我就像醜陋的長丞[8]直直立在大馬路中間，下巴不斷地不斷地顫抖，我在腦中自言自語：「拜託，快停下來。有夠丟臉的，妳是在幹嘛。好笑的東西，沒錯，趕快想想好笑的東西。」但都怪我無趣的生活過了太久，什麼都想不到，於是淚水便無情地在眼眶打轉。

原本呆呆站著的江熙珍突然朝某個地方快速跑去，我嚇了一跳，心裡一邊想著她是

8 韓國農村常見作為界標、地標及洞裡的守護神。一般有兩根，常為一對，用石頭或木頭製成。上端刻有表情滑稽的人臉。

要去哪裡，一邊注視著她跑遠的背影。江熙珍全速奔馳到新林站四號出口前面，用力推開儂特利（LOTTERIA）的大門走了進去。然後門都還沒有完全關上，又再次從裡面跑了出來。她穿越人群跑過來，手中看起來拿了幾張紙巾。

跑回來的江熙珍氣喘吁吁地把紙巾遞給我。我趕緊將紙巾對折拿來擦拭眼角。紙巾上沾染了漢堡的味道。雖然想著應該說聲謝謝，但奇怪的是一聞到那股鹹香味，我反而無法抑制淚水潰堤，就那樣在三個女人環繞下哭了出來。

「有些事即使很努力做了還是不順利。人生中總會遇到那種事情。」

我一邊吸著鼻涕一邊講述店面倒閉的事情，沈同美在聽完整個故事後如此回應。

雖然太陽已經西下，天色轉暗，但白天溫熱的空氣也變得舒適，成群的飛蟲盤旋在早早亮起的路燈下，像是綻放的煙火。沿著美林女中的十字路口往上走有一個小小的兒童公園，我們在那裡坐了下來。倒不是一開始就以這裡為目的地，只是走著走著就到了這裡，剛好也離我們四人的家都很近，所以確實是很適合聊天的地方。我們並肩坐在長椅上，路過的人都在偷瞄我們。的確，一個顯然是成年女子的人哽咽地說個不停，另外三個同樣成年的女子則是一臉嚴肅地圍坐在旁邊，換作是我也會覺得這種場景很引人注目。

坐在旁邊的沈同美站起來走了幾步到鞦韆前。我正想她是不是想盪鞦韆，她卻沒坐上去，而是漫不經心地盯著鞦韆周圍的銀色鐵柱看了好一陣子。她還伸出手去撫摸，彷彿那是什麼珍貴的物件。最後開口說道：

「我照顧孩子的時候啊，即使投入了全部的心力，還是會遇到不順利的事。」

「對啊，每個人都會遇到那樣的事情。我也有。」

金夏榮等了許久似地插話。我什麼話都回不出來，只是低垂著頭坐在那裡。雖然我一開始是把體內某個湧上來的東西，如同嘔吐那般全都吐露出來，但真的都說完之後，反而覺得自己毫無條理地在抱怨無聊的人生，所以覺得很丟臉，再加上說到丟臉，站在大馬路中間痛哭更為丟臉，我實在沒辦法把頭抬起來。背對我們站著的沈同美繼續說：

「那種時候我會觀賞蒼鷺，似乎真有點幫助。」

蒼鷺？聽到意料之外的話題，我不禁抬起頭來，沈同美依然溫柔地撫摸著鞦韆旁的鐵柱。

「我們家老么現在念國中，他是個特別讓人操心的孩子。我在看蒼鷺時，會想牠們的父母究竟是怎麼教育的，牠們真的非常擅長捕魚，相當幹練。一開始很羨慕，後來看久了我就明白了。有些東西要由別人教導，但有些東西必須自己去學。」

「嗯，沒錯。我也有些心得，關於蒼鷺。」金夏榮突然站起來。然後用她那雙瘦長的腿，大步走到沈同美的旁邊站好。一副要開始演講的模樣。

「我經常後悔自己太早結婚。雖然有過許多機會可以分手，但我都錯過了，就這樣糊裡糊塗地結了婚。不過我看蒼鷺的時候會想，牠們真的很擅長掌握時機，對吧？如果覺得在這裡已經抓夠了，就會神通廣大地察知狀況，飛到其他地方去。『這邊沒指望了』，我很好奇牠們到底是如何掌握那個時機的。不過我現在似乎有點懂了。如果失敗了幾次，那邊就沒戲唱了，而牠們明白那點後就會飛走。只要離開那裡就行了。這真的是，怎麼說呢？感覺牠們比人類還聰明。」

說完，金夏榮「喀喀」咳幾聲輕了輕喉嚨，然後又接著說：

「這些話我一直很想說，襄美幫我製造了機會呢！」

總覺得這是得回覆些什麼的時機。不過奇怪的是，我卻完全開不了口。

其實我也有，看著蒼鷺聯想到的東西。蒼鷺的外表修長又秀氣，捕魚的姿態也很幹練且帥氣，不過讓我印象最深的畫面是牠捕魚失敗的時候。雖然牠聚精會神等待了許久才將喙插入水中，但抬起頭時卻什麼都沒抓到，只有水花四濺。那是一個漂亮的失敗。如果是我，不對，如果是人，遇到那樣的失敗一定會覺得丟臉，至少乾咳一聲，同時還會擔心別人是否看到自己丟臉的模樣而偷偷環顧四周，但是蒼鷺卻沒有那麼做。牠不是對失敗毫不在意，更準確地說，牠應該是將成功和失敗視作同等份量。牠看起來並沒有因為捕到魚而表現得特別開心。蒼鷺看重的是每次都努力瞄準、努力出擊，之後是成功還是失敗，對牠而言都是一樣的。我很想說這一點真的非常帥氣，甚至讓我羨慕得心潮澎湃。雖然我不曉得這有沒有可能發生在人類身上，但我希望自己的人生，能稍微變得與牠相似，總有一天，我也想變成那樣。然而，不管我再怎麼斟酌詞彙，似乎都沒辦法好好地將此刻感受到的情緒表達出來，而且也有種預感，覺得一不小心就會說出讓人尷尬畏縮的丟臉話語。我就像從水裡被撈出來的金魚，嘴巴開開合合地動了一會兒，最後只說出：

「嗯，我好像懂那種感覺。」

就在那時，從剛剛就一直把相機拿了又放，只是靜靜待在一旁聆聽的江熙珍，不發一語地站了起來。我以為她也有想說的話，結果她就那樣默默走了出去。經過沈同美和金夏榮旁邊，往溜滑梯那側走去，然後毫無預警地逆向爬上溜滑梯。江熙珍蹲坐在溜滑梯的頂端，拿起相機。露在相機外面的半張臉往旁邊歪了歪，彷彿在問大家「這麼做可以吧？」，然後都還沒等到回應，就傳來拍照的喀嚓聲。

「喂喂，要拍團體照應該先講一聲啊！」

沈同美和金夏榮爭先恐後地往我這邊跑過來。我的臉旁邊緊貼著兩人的臉，某隻不曉得是誰的手臂搭上了我的肩膀。我的雙手本能地在臉頰兩側擺出V字型，抬頭直視溜滑梯的上方。明明直到剛剛還在哭哭啼啼，講了一堆店面倒閉的事情，梁襄美還真是沒有骨氣。雖然想是這樣想，但心情並不糟，這樣的感受維持了許久。

我們約好下下周日同個時間在舊新林劇場前的公車站相見，之後就解散了。

剛好我從這個公園往右邊走，而其他三個人往左邊走，接著再分散轉入各自的巷弄就能回到家，於是我用眼神與她們道別後，正轉過身往家裡走去。突然，內心有個想法如閃電般迅速閃過。在我仔細思量這個想法是否合宜之前，已經拔腿朝她們跑了過去，她們大步走了一段路，大概已經走到那條巷子的中段。

「等一下！等一下！」

實際上我只跑了不到十步，或許是因為哭過的關係，呼吸特別急促。她們轉過身時面露驚訝，我看著她們三個人，氣喘吁吁地問：

「妳們要不要帶些小菜食材回去？有魷魚絲、鯷魚乾、煮湯用的蝦子和海帶之類的。」

她們呆望著我好一會兒，什麼回應都沒有。總覺得有點丟臉，於是我又補了一句：

「因為家裡還剩非常多。」

結果她們三個人彷彿把這當作信號一般，同時抱著肚子大笑了起來。

「什麼啊？這件事有那麼急嗎？讓妳跑成這樣？」

「我還以為又發生什麼大事了。」

「唉呦，當然好啊！我們家人多，吃的都很歡迎。」

雖然我有些疑惑這件事是不是真有那麼好笑，但我還是站在路中央等她們笑完。過程中我也稍微笑了笑，因為一想到她們等等都會各自抱一捆小菜乾貨再次折返這條路，心情就非常愉悅，這真是久違的感受。

過了一會兒，我們終於笑夠了，便不分前後同時朝我家的方向走去。四處的路燈都已亮起，整條巷子都散發出溫暖的橘光，傍晚洗碗的聲音從開著窗的人家中傳了出來。我領先半步，啪噠啪噠踩著腳步往前走。我轉過頭時，奇怪又親切的臉孔走在我後面，其實不用回頭看也知道，她們都有好好跟上。

起司月亮與義式脆餅

中午十二點後又過了五分鐘，身穿藍色夾克的男子走了進來，分給每個人紙和筆。職業是醫生或是職能治療師之類的人，總把患者的時間當作狗大便，他們肯定都受過這方面的教育。我怒視男人遞過紙張的那隻毛茸茸的手。後來察覺自己這麼做看起來可能相當奇怪，於是趕緊收回了視線。我的精神很正常，我絕對不希望自己看起來像病人。然而，這麼想之後，我總會開始感到混亂，不知道接下來該把視線移到何處，才會看起來像個正常人。

男人發完紙張後，轉身走回治療室前面，說道：

「大家好！」

比起男人，已經有過半數的人將注意力放在紙張和筆上面。

「我是肉丸義大利麵，從今天開始會和大家一起進行寫作治療。你們叫我肉丸就好，真的很高興見到大家。」

男人說完後，用很誇張的動作行了禮。他就像是一個喜劇演員，非常篤定自己開了一個特別有趣的玩笑。當然，沒有任何一個人笑。對我來說，男人說的話比起有趣，更讓人覺得可憐，我用充分包含這份情緒的表情，看向坐在我隔壁的女人。剛好那個女人正呸了一聲，從口裡吐出某個東西。掉落在紙張上的東西是指甲上的倒刺。

男人早已預料到大家現在這種反應，絲毫不覺得在意，繼續接著說話：

「別害怕，大家就當作是來交朋友的。我會將各位分成兩人一組，讓你們彼此對話。這就是全部的行程。我不會替你們抽血，也不會裝通電設備在你們的頭上。」

男人擠出一個傻瓜般的笑容。我又再次感到傷心，不過這次我沒有用期待獲得認同的表情環顧四周，而是直勾勾地盯著男人看。

「今天會先從取暱稱開始。可以用你們喜歡的食物，喜歡的人物等來命名，用什麼東西都無妨。往後大家只會用那個名字來稱呼你。我給大家五分鐘的時間。」

我在空白的紙張上轉著筆，後悔自己選了寫作治療，早知道應該選擇游泳治療或是合唱治療。但是我的肚子以三十五六歲的男人來說，實在是太大太凸了，這點讓我頗為在意。另外，光是想到要在別人面前唱歌，我就覺得厭惡至極。只能交白卷了。所幸我在工作上經常遇到這種狀況，因此已經免疫了。在必須寫點什麼，但卻什麼都寫不出來的情境下，我有幾個適合的妙計。其中，我選擇了「在截止時間到之前，什麼都不要做」。還剩四分鐘。

房間裡有超過十個人圍坐成一圈。只有一個人看起來精神特別不正常。那是一個女人，她拿到分下來的紙張後，馬上把紙撕成碎片，彷彿要升營火般把碎片堆起來。治療師假裝偶然經過她旁邊，再給了她一張白紙。我很清楚這類治療大多會如何進行，所以在心中默默祈禱絕對不要和那個人分到同一組。

稍後——過了四分鐘以上——治療師回來收走紙張。

「我叫到的人請上來簡單地跟大家自我介紹。短短說一句話也好，真的很困難的話，不說也沒關係。」

自我介紹。緊張的情緒讓我覺得肚子裡有股涼意。自我介紹對正常人來說也是相當困難的事情。乾脆要我們即興跳舞，或是叫我們脫掉衣服還比較簡單。如此便能將提出這種要求的人當作瘋子。不過，自我介紹對於在這個社會上生活的一般人來說，是必經的程序。雖然正因如此才困難。

「優格果凍。」

治療師開始點名。坐在角落的年輕女人搖搖晃晃地站了起來。

「大家好我最喜歡優格果凍特別是添加了很多藍莓的那種另外我也很喜歡可樂口味昨天我吃了胡椒口味的。」

女人非常快速地說完一串話。她不是在講話，而是像小鳥那樣嘰嘰喳喳。不過，治療師還是溫和地對她笑了笑。

「辛苦了，做得非常好。我也很喜歡果凍，如果妳有機會去瑞典，一定要嚐嚐瑞典的果凍。真的很好吃，那麼下一位，豆類罐頭。」

他就這樣點了幾個人，而他們也都用奇怪的聲音來自我介紹。與此同時，我煩惱著輪到自己時，應該要說些什麼。我非常平凡且正常，沒有任何精神疾病，到底要怎麼說明這一點呢？雖然腦中浮現了許多話語，但仔細思量後，又覺得那些聽起來可能都會像是精神出問題的人說的話。終究還是點到我了（「魔法仙人掌？」），我站起來說了以下的話：

「我用『魔法仙人掌』這個筆名在時尚雜誌上連載每個月的星座運勢。如果想訂閱雜誌，可以跟我說。訂一年可以幫各位打七折。我的興趣是旅行，最近剛跟媽媽去過芽莊市。那在越南，是個很棒的地方。我就住在這附近，希望能跟大家好好相處。大家可能偶爾會想喝個啤酒，或是覺得很無聊，需要找人一起散步嘛！」

講完後我再次入座，並且察覺到自己講這一大串，就像個相當不正常的傻子。甚至於，這些內容其實大部分都是謊話。我沒有替長期訂閱券打折的權限，我也不喜歡旅行，而且根本不住在這附近。另外，我根本不想要跟坐在這裡的人牽扯上任何關係。竟然說要跟大家交朋友，絕對沒那回事。這群人當中如果有人要找我一起喝啤酒，我說不定會去咬那人的耳朵。

「哇！星座運勢！你的職業很特別耶！這叫作占星師嗎？我是雙子座，這個月的運勢如何呢？」

「雙子座在今天還沒過完之前，運勢都糟得要命。」我沒有這樣回答，而是害羞地笑了笑，我就只剩最後這一點理性了。很自然地就輪到下一個人。我一邊假裝專心在聽別人的自我介紹，一邊希望這裡的人全部都罹患失憶症。也許我今天接下來的時間，都會一再回憶剛剛做的蠢事來折磨自己。但另一方面我又想，即使我擁有媲美歐巴馬或是馬丁．路德．金恩的演講技巧，自我介紹完還是會產生類似的情緒。因此，我覺得此時自己感受到的羞愧，其實相當正常且普遍。

雖然我與這些人混坐在一塊，但我其實是非常正常的人，沒有罹患任何精神疾病（當然，除了現代人多少都有一點的偏執妄想之外）。我可以跟石頭對話。我之所以坐在這裡只因為這一件事。你相信嗎？我能做到大多數的人做不到的事，卻沒得到稱讚和尊重，反而被當作瘋子。

我決定參加這項治療時，媽媽還開心得落淚。其實這是送給母親的花甲賀禮。我知道把上精神病院當作生日禮物聽起來可能有些可笑。然而，我除了十幾年前曾去精神科看診之外，從沒尋求過任何現代醫學的幫助，媽媽總說她因為我的緣故心痛到快受不了了，簡直把這句話當做口頭禪掛在嘴邊。我沒結婚、沒找到像樣的工作，甚至是變胖，她都認為是精神病惹的禍。這當然完全不像話。我只不過是一個喜歡漢堡和披薩，主張單身主義的自由撰稿人罷了。

想當然媽媽絕不會放任我不管。我外出返家時，經常會撞見媽媽和陌生人一起喝茶的場景。媽媽的手中握著只在擦眼淚時拿出來用的絲綢手帕，我站在玄關脫鞋的時候，她用顫抖的聲音說：

「這位是特別來看你的心理諮商師，你好好跟他聊聊。」

她拿了許多餅乾和水果放到茶几上，份量多到餵飽十個人都有剩，放完她就安靜地回到臥室，但過程中都可以聽見她清晰的哽咽聲。該死的，真正想哭的人是我。不過我沒拿起手帕，而是伸手抓了餅乾把包裝紙撕開。嘎吱嘎吱。

這種事情一再經歷後，我對於自稱「心理諮商師」的人如何工作，已經有某種程度的掌握。

「我有大概聽你媽媽說過了，你能和石頭對話？」

心理諮商師大部分話都很少，難得說幾句話時，又總是拐彎避開重點。這是他們用來主導對話的手段。「你從什麼時候開始聽見石頭說話的？」「你為什麼會覺得自己聽到石頭說話？」「你聽到的時候心情如何？」

考慮到媽媽就貼在門後偷聽，我誠意十足地回答那些破爛問題。然後，他們就會一邊皺眉一邊在筆記本上信手記錄，同時露出一種努力想擠出笑容的詭異表情。我馬上察覺到，那是他們在分析病人的症狀時會作出的表情。

接下來，他們一定都會問同樣的問題，連一個語助詞都沒有落差。

「為什麼你會覺得只有自己聽得到呢？」

果然沒錯。這個問題在我聽來，就像是在說：「你以為自己有超能力嗎？」我盡可能有禮貌地回答：

「我就是聽得到，不然怎麼辦呢？」

然後所有的心理諮商師猶如事先串通好一般，都會從口袋裡拿出一顆鵝卵石，問道：

「那麼這顆石頭也會說話嗎？你可以告訴我它說了什麼嗎？」

當然，並不是所有的石頭都會說話。倘若如此，我說不定就會因為噪音太多而真的發瘋。這道理就像是人類當中也只有極少數人才會騎單輪腳踏車或是倒立。如果你問那些人他們怎麼做得到，他們大概都會像我這樣回答：「我也不清楚耶，試了幾次就學會了。」然而，他們拿出來的鵝卵石全都不會跟我說話，於是我只好誠實地回答：

「看來這顆石頭不會講話。」

那麼，他們就會用一副「我就知道」的表情，重新把石頭放回口袋裡。我總有種自己似乎在強辯的鬱悶感，拿起最後一塊餅乾吃下肚裡。其實我也不知道那些石頭是不會講話，還是不想要講話。就算有人不說話，其他人也不會問那個人：「不好意思，失禮了，想請問你是不是啞巴？」假如真有人這樣問，或許他才應該被關入精神病院。

我沒過多久便習慣了與諮商師打交道，並在捉弄他們的過程中嘗到甜頭。舉例來說，就像是把美味的甜點留到最後那樣，我會盡可能地晚一點提到關於爸爸的事情。

「我不知道爸爸長什麼樣，我還在媽媽肚子裡時，他就去世了。聽說連一張照片都沒有留下。似乎跟我長得滿像的。可能那個時候也有麥當勞和必勝客吧？」

聽到被佛洛伊德的亡靈纏身的心理諮商師眼睛一亮的聲音了嗎？原本用一臉吃到狗大便的神情坐在那裡的諮商師，一聽到我這番話不曉得有多麼幸福！甚至是連我都感到欣慰的程度。「然後呢？你再多講一些關於爸爸的事。你會不會想念爸爸？你常常想到爸爸嗎？會有自己身為獨子應該守護媽媽的強迫思維嗎？」

補充一下，我媽媽是那種完全不需要藉由他人的幫助來保護自己的人。媽媽雖然已經年屆六十，但她目前還在擔任人氣時尚雜誌的總編輯，西元兩千年以後出現的一切事物，她比我還清楚許多。簡單來說，媽媽的生活如下：Apple Watch、空中瑜伽、蔬食主義、香奈兒私人時尚秀第一排，她的推特、臉書、Instagram和YouTube的粉絲人數加總起來遠遠超過首爾市人口數，而且上個月還入選百大韓國職業女性最具影響力人物，獲頒水晶獎盃，受人敬重。再加上，媽媽仍然相當貌美。我知道三十五六歲的單身男性說自己的媽媽很美，聽起來會產生什麼樣的遐想。不過，就客觀的角度來看，我媽媽的確很美，即使沒有丈夫，也完全不受輿論影響，是一位非常有魅力的女性。媽媽唯一的缺點，就是有一個會跟石頭講話的過胖老處男兒子。

一旦對媽媽有所認識後，心理諮商師就會快速改變路線。「媽媽太過優秀，是不是讓你很辛苦？你不會想擺脫媽媽的陰影嗎？」類似這些問題。接著開始說明伊底帕斯情結、性別角色等內容。對我來說，這些觀念如果用比喻說明，就像是放在我的錢包裡長達二十年的保險套一樣。我確實知道它的存在，但我全然不知它為什麼存在，而且我可能一輩子都用不上。

即使有數十名心理諮商師來了又走，媽媽替他們烤的布朗尼都超過一百盤了，我依然能跟石頭對話。只不過，我再也不會把這件事跟任何人說。想跟石頭說話時，我一定會先確認周遭沒有人。不過，媽媽偶爾跟我問起時，我總是選擇據實以告。

「你現在還會交石頭朋友嗎？」

「很可惜，我們目前依然親密無間。」

反正我就算說謊也會被發現，而且我並不想要跟媽媽撒謊。具體原因我不太清楚。雖然心理諮商師大概會主張這就是伊底帕斯情結的證據。

我第一次也是最後一次去看精神科的時候，被診斷為妄想症。那天回到家後，我在網路上搜尋了美國精神醫學學會所制定的，精神障礙診斷與統計手冊中關於妄想症的診斷標準。第一項是「不奇怪的妄想」。替我診斷的醫生判斷我的狀況不奇怪，並非什麼壞事。因為如果我符合第一項內容，就不會被診斷為妄想症，而是會被診斷成精神分裂症。沒錯，我不奇怪。而且事實上，生活在現代社會的每個人，應該多少都罹患了不奇怪的精神疾病吧？咀嚼任何放入嘴裡的東西，或是坐下來時無法不抖腳，跟這些人比起來，和石頭對話還算是好的。好多了。

我第一次和石頭說話是十七歲的時候。當初我簡直活得像超級敗類。體重和身高的數字差不多，臉上長滿了青春痘，一成不變的運動風髮型。我對所有球類運動的規則一竅不通，學業成績也平凡無奇。唯一擅長的只有相信這種狀態不久後就會結束，並且假裝毫不在意。學生時期曾經長期被毆打的人都瞭解我的心情。真正丟臉的事不是被毆打本身，而是明顯表現出暴力對自己造成了龐大的影響。我輕視那些欺負我的傢伙，在這方面已經可以說是大師了（我當初是那麼想的）。鞋子掉入馬桶時，當作是鬧了鬼；沒有人要跟我一組時，把自己想成擁有特殊能力，可以把別人推開的超級英雄。當然，這起不了太大的作用。宇宙中的所有不幸都朝我飛來，而我體積太過龐大，非常容易被擊中。我一睜開眼睛就滿心希望今天趕快結束，在入睡前祈禱著明天地球可以毀滅。

後來，在某個夏日。我為了躲避企圖襲胸的混混，藏到學校後方的停車場（我患有永遠與過胖者相伴相隨的女乳症）。在這地球上，連一個看似能拯救我的人都沒有，我暗自祈禱那人對我失了興致，回家打手槍去。然而，這類祈禱通常都不會應驗。那傢伙沒花多少時間就找到我了。

「在這裡！乳牛！」

他喊道。我假裝自己並非躲在那裡，而是剛好在那裡發現了非常有意思的玩意兒，隨手從地上撿了個東西起來仔細端詳。雖然這是我為了守住自尊心的最後掙扎，但這除了讓我看起來更懦弱之外，沒有其他任何效果。我很清楚，那些傢伙的拳頭很快就會朝我的頭和肚子招呼。剎那間，有個聲音從我的掌心傳來：

「丟出去！把我丟出去！」

沒什麼好再考慮的，我猶如中了魔咒的稻草人般，把手裡拿的東西丟了出去，不偏不倚地擊中那傢伙的額頭。

嗯，如果你不相信也無所謂。

那是顆稜角銳利的石頭。那傢伙縫了四針，而我必須在老師和媽媽面前說明自己並非故意攻擊他的腦袋。我當然沒說是石頭要我把它扔出去的。因為媽媽覺得我終於像個男人而欣喜若狂。媽媽吩咐我，往後如果又被那種人欺負，就像這樣還手回去。

隔天那傢伙在額頭上纏著繃帶來學校的時候，我自然是被狠狠毒打了一頓。經歷那件事後，我的校園生活變得更加艱辛。不過，我也在那天找到了新的樂趣，所以可以堅持下去。我把眼前所有可以稱作石頭的東西都撿起來搭話。「你好？聽得見我說話嗎？拜託趕快回答我。我可以聽見你們。拜託。」

那就像是最後一個存活在地球上的人類，對全世界拋出的訊息。幸好石頭有回應我。當然，並非所有石頭都會回應我。我交了非常多朋友，多到不想再交新朋友的程度。我挑選朋友時，會先稍微跟它講幾句話，如果覺得頻率不對，就會再次把它丟得遠遠的。得益於此，我的口袋裡總是裝滿了石頭。我認為這是上天賜予的超能力，專門給我這種在世上度過最殘酷童年的人。

諷刺的是，交了朋友之後，我才發現自己原來非常孤單。之前，我並不知道自己很孤單。因為對我來說那就是我的「日常狀態」，不需要誇張地為之命名。我每天的生活得變得很新鮮有趣。「聽說 PlayStation 出新的了。」「比起金剛狼，我更喜歡綠光戰警。」我竟然能交到可以輕鬆聊這些話題的朋友，我之前的生活到底都是怎麼過的？

我認識最久的朋友是在我二十三歲時遇到的粗面岩。黑巧克力色的基底上，有白色角閃石零碎鑲嵌在表面，造型非常好看。乍看之下，很像媽媽經常烘烤的義式脆餅。這顆石頭的名字是史考特，它對我來說，是聰明的顧問，亦是機靈的摯友。

史考特說，我最好隱瞞自己能跟石頭對話的事情。它的意見是，越不平凡的事，越不要彰顯出來比較好。史考特說得沒錯。蜘蛛人和蝙蝠俠平常在生活中也會隱藏自己的能力。人們遇到跟自己不同、嶄新的、無法理解的事物時，比起努力接受，通常會忽略或者鄙視。我也不覺得需要被他們理解。我的世界只要有我和史考特，還有每四天叫一次外賣，吃吃鮮蝦大披薩和可口可樂，就夠完美了。

上次治療後，可能有人表示不滿，抱怨房間太熱。今天治療室的溫度涼爽適中。上次的桌椅排成圓形，好讓大家能圍坐成一圈，現在改成兩兩一組陳列擺放（醫院總是知道要如何用最簡單有效的方式讓病人按照他們的需求來安坐配置）。坐在我旁邊的是個身材修長的高挑男子。他在這個房間裡，算是看起來最正常的一個。我們剛剛互報完名字，男人說他是「庫克」。

「cooker？看來你喜歡料理？」

我的問題讓男人誇張地笑了出來。我縮了縮肩膀。

（情緒表達過度是精神疾病患者的特徵之一）

「不是，庫克是我最喜歡的機器人。你有看過《酷狗寶貝》嗎？」

「是用黏土做的動畫嗎？小時候好像有看過。」

我只知道《酷狗寶貝》裡面有一隻長得很愚蠢的狗，其餘內容一概不知。不過那男人光是聽到我知道《酷狗寶貝》，就開心不已，像是真的發瘋似的整個人興奮起來。

「沒錯！就是英國製作的黏土動畫。華萊士是人，阿高是狗。庫克是裡面的角色！機器人庫克！你記得嗎？」

「不好意思，我對細節沒有印象。」

其實我一點都不覺得抱歉。我用盡一切心思，只希望今天兩個小時的治療時間可以過得快一點，哪怕只是快一秒鐘也好。我一天當中竟然有十二分之一的時間要耗費在這種無意義的事情上。好想回家。要做的事堆積如山。下周的星座運勢才瞎掰到金牛座而已，我還要在媽媽下班前從烘衣機裡把衣服拿出來整理好，這些事情處理完後，我也需要一些時間來跟史考特訴說今天發生的種種，讓精神休息休息。再加上我還計畫要出門旅行，所以必須收拾行李。幾個月前，我偶然發現一個可能藏有許多赤鐵礦的河堤，正密切關注中。混入鐵礦的石頭很敏銳又心思縝密，感覺也能和史考特成為親密的朋友。但是身邊的男人卻突然抓住了我的手。我嚇了一大跳，差點要對他揮拳。

「真的很高興認識你。我第一次遇到其他和我一樣喜歡《酷狗寶貝》的人。上次你自我介紹時，我就覺得很有好感，沒想到我們這麼有緣分。希望我們能好好相處，我就住在這附近。」

我只說知道《酷狗寶貝》，可從沒說過我喜歡《酷狗寶貝》。我扭了扭被抓住的手，抽了出來，正想要糾正這一點，治療師卻走近我的身後（治療師總是能在需要的時候，不發出任何腳步聲來移動位置）。

「哇！你們兩位已經很熟了耶！非常好，就這樣保持下去。只有剛開始會覺得尷尬，對吧？」

那男人彷彿受到什麼驚人的稱讚，笑得非常燦爛，治療師也笑著回應他。看起來就像精神病院的廣告上會出現的那種畫面。我全身起雞皮疙瘩，吐不出半句話來，剩餘的時間我只能一直聽那男人跟我談論《酷狗寶貝》。《酷狗寶貝》總共有五個故事，有機器人庫克登場的故事就是第一集〈月球野餐記〉。他說那一集他看了一千遍以上，鬼才發明家華萊士為了品嘗起司製成的月球，研發了一艘宇宙船，後來抵達月球後，在那裡遇到了保衛月球的機器人庫克……

「嗯，我記得。真的很有趣。」

雖然我從頭到尾只說了這一句話，那男人卻完全沒察覺我對他聊的話題毫無興趣，一個勁兒自顧自地繼續講個沒完。治療師如蛇般在人群中穿梭，經過我們時偶爾會插個幾句話，或是假裝很專心地在傾聽，他這樣也搞得我異常煩躁。我的心情越來越糟。

快到結束的時間時，男人向我問了電話號碼，讓這一天的駭人程度達到頂點。

「今天真的很有趣，我可以傳訊息給你吧？我知道很適合喝啤酒的酒吧。」

男人把輸了我號碼的手機放入包包裡時如此說道。幸好我今天穿了胸口有口袋的襯衫，這真的是很有智慧的選擇。如果不是史考特在口袋裡低聲跟我說：「冷靜，他只不過是個瘋子。」我大概會痛扁他一頓，然後在這家醫院裡放火。史考特，我聰明的朋友。

然而，悲劇沒有就此結束。那天晚上，我正在把帽子塞進旅行背包，電話鈴聲突然響起。我以為那是雜誌社的來電。因為只有雜誌社編輯那一類人，才會在這種時間打電話過來。結果我猜錯了。

「嗨！我是庫克！你正在睡覺嗎？」

我一記起這個彷彿在宇宙的盡頭對著另一端厲聲大喊的精神病患是誰後，心情立刻又變差了。

「還沒，不過你找我有什麼事？」

「沒什麼事，你現在忙嗎？不忙的話，要不要一起喝杯啤酒？」

「啊，抱歉，我很忙。非常忙，超級忙。忙到不可開交。」

「是喔？你在做什麼？」

講到這裡時我應該要掛斷電話的。不過，那時媽媽剛好把我烘乾的內褲從烘衣機裡拿出來，並且一路拿進房間。媽媽看到我這時間正在跟別人通話，似乎相當訝異。庫克的聲音如同告知災難發生的廣播般，從話筒另一端清晰地傳來，所以媽媽完全不需偷聽也能聽得一清二楚。

「旅……旅行，我準備去旅行。要帶的東西太多了，忙到暈頭轉向。」

「旅行？要去哪裡？哇！真的很棒耶！最近天氣非常適合去旅行！」

「嗯……對啊……我想去河邊看看，有個地方很不錯。」

「讚耶！水！我剛好也想去河邊。我很喜歡釣魚，請問你有旅伴嗎？」

雖然我很努力不去看媽媽的臉，但彷彿還是能清楚聽見媽媽的眉毛上揚的聲音。媽媽太過震驚，甚至於忘記要放下我的內褲。精神病患、過度肥胖、母胎單身，竟然有人想跟這樣的兒子一起出去玩！

「喂？喂？」

庫克，媽媽，庫克，媽媽。在感受到極大壓迫感的狀況下，很容易做出糟糕的決定。人類的結構本來就是如此。我只能冷汗直流，眼睜睜看著自己把事情推往最壞的方向發展。

「有好戲可看了。」

史考特在我胸前的口袋內喃喃自語。

天氣晴朗到不能再晴朗，微風涼爽到不能再涼爽。如同我的預料，這江邊的石頭大部分都鑲著鐵。稜角銳利的紅色石頭遍布四方，景色相當壯觀。倘若狀況允許，我真想在附近找個地方留宿，從容悠哉地在這裡逛逛。

「哇！真的好酷喔！但是這些石頭為什麼是紅色的？」

只要沒有在背後如幼鳥般緊緊跟著我的庫克，這趟旅程大概會是我今年下半年最美好的回憶。鐵定會是一趟愜意又安靜的旅行，完全不需要在網路上搜尋「神不知鬼不覺地殺死人的方法」。

「沒想到你的興趣是研究地層，真的好酷喔！超級炫！不曉得我這樣有沒有打擾到你。我在那邊找找可以釣魚的地方。釣魚最重要的就是位置，只要找到好位置，在那邊待上幾個小時就可以了。等著魚上鉤。雖然有時會釣到奇怪的東西。」

庫克露出一個傻瓜般的笑容後轉過身去，朝一個稍微遠一點的地方走去。他身背一個大小與自己身高差不多的釣魚背包，其中一隻手拿著一個大撈網。他搖搖晃晃地走在尖銳突起的石頭上方，背影看起來可憐兮兮的，就像是精神病患（當然，正面也是）。

等庫克走遠、身影變小後，我終於也轉過身開始著手尋找。沒什麼困難的，只要在那個地方坐下來，從最顯眼的石頭開始拿起來對話就可以。

「你好，聽得見我說話嗎？聽得見請回答。」

石頭沒有回應。不過我並沒有失望。這件事最需要的能力就是能長久蹲坐的強韌膝蓋以及耐心。如果只嘗試一次就因為失敗而放棄，想必人類也無法發展至今。我會以深邃的眼神看著撿起來的石頭，給予充分的時間，讓那顆石頭決定是否要回應我的呼喚。如果沒等到回覆，就會小心翼翼地把它放回原位。好，下一個。

「哈囉？可以回應一下嗎？我聽得見你說的話。」

「嗨！聽得到嗎？啊！這是我的朋友史考特。」

「天氣真的很棒吧？我來自很遠的地方。」

雖然一再重複同樣的話，卻一點也不覺得無聊。人類之間的社交派對或晚宴如果也這麼有趣的話該有多好？等我第十六次搭話時，才終於找到了回應我的傢伙，我開心到差點大叫出聲。再加上那傢伙是一顆非常美麗的赤鐵礦，美到可以拿來當岩石標本。

「我現在是在跟人說話嗎？」

它的聲音低沉且粗糙。嗓音中雖然有些警戒心，但基本上這是心思細膩又和善的石頭朋友才會擁有的嗓音。

「喔！你好，真的很謝謝你回答我。我非常高興。我們是從有點遠的城市過來的。很開心認識你。你真的長得很好看。」

「雖然我在這裡待了很久，但還是第一次碰到能跟我說話的人類。真是什麼稀奇古怪的事情都有。」

「不是每個人都能做到……其實只有我能做到。」

「哇嗚，原來如此。有趣，真有趣。」

事實上這並不是什麼有趣的對話。不過我卻非常興奮，史考特也是。我們兩個很久沒遇到新朋友了，今天天氣也非常好，而且還剩下非常非常多還沒搭過話的石頭。

「你在這裡過得如何？」

「喔，每天都一樣啊！這裡很容易曬到太陽，滿好的，只是偶爾下雨的時候，水會淹出來。」

「泡在泥巴水裡真的很討厭。」

史考特說話了。史考特在挑選朋友方面相當挑惕，看它這樣似乎也對新朋友很滿意。石頭很單純且直率，所以只要稍微對話過，很快就能掌握它的品性。我們舒適地坐下來，短暫與那個朋友聊了聊。江邊、太陽、新朋友和老朋友。這還是我今天第一次幾乎完全忘記庫克那個傻子。

那時，從某個地方傳來一聲鈍響。雖然我不太記得是「撲通」的聲音先響起，還是尖叫聲先響起，但總之當我回過頭去看時，已瞧見江面上水花四濺。

「發生了什麼事？」

史考特詫異地問。我用手抵在額頭擋光，皺著眉往那裡看去。

「救命！救救我！」

在那聲音傳過來之前，我已經朝那裡跑了過去。是庫克，庫克正在江心拚命掙扎。

「你待在那裡不要動！」

我一邊狂奔一邊大叫。當然，庫克並沒有乖乖待在那裡不動。因為要是真那麼做，他就會直接下沉。庫克驚恐萬分的臉在水面上載浮載沉，漸漸被沖往下游。我連把鞋子脫下來的空檔都沒有就撲通一聲跳進江裡。

「抓住我的手！」

我一伸出手，庫克就迫不及待地緊緊抓住。但是全身濕透的庫克比想像中的還沉重，我腳底一滑，瞬間也失去重心跌入水中。

湍急的水流立刻將第二個犧牲者卷了進去。

「啊啊！」

我們纏成一團，在泥水中拚命掙扎。我腦中突然閃過之前在寫作治療的第一堂課上，我還曾經後悔自己沒有選擇游泳治療。要是有那麼做，我就不會和這個蠢蛋扯上關係……然而，大部分的後悔都是如此，毫無用處。

雖然我們看似掙扎了非常久，實際上卻連五分鐘都不到。等我回過神來時，我和庫克已經像兩條橡膠軟管那般彎著身子，在滿是石頭的江邊狂吐水。

「對不起。」

終於調勻氣息後，庫克用細微的聲音跟我說。

「你瘋了嗎？為什麼跑進去？」

我惡狠狠地罵他一句（問瘋子你是不是瘋了比想像中的更有趣）。庫克看起來像極了濕透的餅乾。他低聲地回答：

「真的很對不起，因為釣鉤偏偏勾到那裡。」

我差點就跟那蠢蛋一起去見閻羅王了！渾身雞皮疙瘩。庫克將濕透的襯衫脫下來，露出白皙的上半身。真想朝他的後背狠狠地踢一腳。如果我跑得夠快，一定會踢他一腳後立馬逃跑。我一邊這麼想，一邊也把襯衫脫掉，想擰擰水。結果，總覺得有些怪怪的。

史考特！

史考特不見了！放著史考特的襯衫口袋是空的。原本沉甸甸的重量感受不到了，而且我完全不知道史考特是什麼時候不見的。

「庫克，你有看到史考特嗎？」

「嗯？」

「石頭！你有看到石頭從我的口袋掉出來嗎？」

庫克沒有回答，只是呆呆盯著我的臉看。一片寂靜。水珠從庫克的髮梢滴落。庫克什麼話都沒有說，不過我可以讀到庫克的想法。「可憐的傢伙，看起來滿正常的，終究還是發病了。」我想殺了庫克，但我沒有辦法。庫克身高比我高，力氣看起來很大，我也沒有適合發動攻擊的武器。再加上，比起殺了庫克，找回史考特更要緊。我努力想恢復冷靜。

「我跑過來的時候掉了重要的東西，你跟我一起找找吧！那是一顆手掌大的石頭，巧克力色上面有白色的斑點。」

庫克緩緩地點了點頭。然而，他看起來完全不覺得這件事很嚴重，我也無從得知他是否聽懂我在說什麼。隨便他怎麼想吧，我轉過身開始在地面上仔細搜尋。

「史考特！史考特！聽到的話回應一下！拜託！」

哪裡都聽不見史考特的聲音。

「史考特！拜託！」

我趴在地上，像抓蝨子那樣翻遍了各處，還是沒有看到史考特。那時我腦中閃過一個可怕的念頭：「該不會掉在水裡了吧？」我不禁發出痛苦的哀號聲，頭抵在石頭遍布的地面上開始哭泣。史考特非常討厭寒冷的水，尤其討厭泥巴水。我竟然為了救那個笨蛋，把史考特掉在那種地方。

「那個，你還好嗎？」

庫克走過來，猶豫地將手放在我的肩膀上。我粗魯地甩開他的手。只要能殺死庫克，我什麼事都能做。我想用這世界上最痛苦且殘忍的方式殺死他。

「對不起。」

庫克小聲地說，但我完全聽不進去。我正拚命思考能拯救史考特的方法。並不是完全沒有辦法。只要立刻跑到車上拿手機，找潛水員過來就可以。這條江不寬也不深，要找到並不困難。潛水員是專業的。要找一顆沉在水底的石頭根本易如反掌。冷靜下來想想吧！史考特一定在這附近，絕對不能搞混地方。

「庫克，你能站在這裡不動嗎？我去車上拿手機過來，你絕對不能動。」

庫克的肩膀正在瑟瑟發抖，似乎是快哭了。

「對不起，對不起，都是我害的。我錯了。」

「算了，別再說了。我叫你站在這裡不要動。」

語畢，庫克哽咽地大聲喊道：

「我有聽治療師說過。聽說你會和石頭對話？現在弄丟的石頭就是你的朋友吧？真的對不起。你說的話我都相信。真的很對不起。只要能找到你的朋友，我什麼事都願意做。」

那瞬間是什麼讓我在跑往車子的途中停下腳步？雖然他是一個精神病患者，而且現在看起來就像融化的冰淇淋，但這還是生平第一次有人說相信我，是因為這個緣故嗎？

還是我擔心庫克會離開那個位置，哪怕他只是稍微動了一下？

「真的對不起，我都能理解，我可以理解你。」

現在應該把庫克的腿弄斷，讓他無法離開那裡半步嗎？還是應該趕快跑到車上比較好？我感到相當混亂。說不定在這個時刻，史考特正在水底受苦，持續往下游滾去。

於此同時，庫克癱坐在地上開始痛哭。

「我都理解，我真的全部都理解。」

不知道他到底懂了什麼、理解了什麼，還是先救史考特比較要緊。我一邊跑向車子，一邊對庫克大喊，要他待在原地不要動。雖然就算我不說，他也唏哩花啦哭得很慘，看起來寸步難行。

史考特半浸泡在散發檸檬香味的溫暖泡沫水裡，說道：

「真是漫長的一天，朋友。」

我剛剛咬了一大口起司芝心披薩，所以只是點了點頭回應。

如同史考特所說的那般，今天真是漫長的一天。等潛水員來的時候，彷彿過了五百年；跟潛水員說明史考特的外形時，又過了五百年；潛水員問我為什麼不在附近撿另一顆石頭就好時，為了跟他解釋他講了什麼鬼話又花了兩千年。除此之外，雖然還有數十萬次的錯誤嘗試（「是這個嗎？」「不是，完全不一樣。我不是說它上面有白色斑點嗎？」），但最終那個傻呼呼的潛水員還是在距離約十公尺遠的江底找到了史考特。加起來總共過了三千年，我整個人都籠罩在擔心與焦慮之中，瞬間老化也是理所當然的事。只有一個方法能讓我重新回到健康的三十幾歲，那就是把自己鎖在房間，和史考特一起吃披薩。

「我還以為我失去你了。」

我一說，史考特就嘻嘻笑了。

「喂，別說那種可怕的話，那下面真的糟透了。」

「嗯，我想也是。」

請潛水員的費用是庫克支付的（那個潛水員離開時一直偷瞄兩個成年男子抱著石頭

痛哭的模樣）。在我用手帕替史考特擦拭乾淨時，庫克一直在我旁邊打轉，他觀察我的臉色，問道：

「那個，能把我介紹給你的朋友嗎？可以嗎？」

或許是因為找回史考特的喜悅讓我忘記了一％的憤怒，所以我允許庫克摸摸史考特。於是庫克小心翼翼地將史考特放在手掌心，對它說：

「你好，史考特，我是庫克。」

史考特回答：

「這位朋友的模樣真的不像話。該怎麼說呢……看起來就像精神病患。」

我爆笑出聲。庫克立刻瞪大眼睛看著我問：

「它說什麼？它剛剛說了什麼？」

「喔，史考特說它很高興認識你，以後好好相處。」

庫克笑得像個傻瓜似的答道：

「也請你多多指教！史考特，你真是個好人，不對，你真是顆好石頭！」

後來我們就開車回家了。回來的路上，我們三個人一起聊了女人、哲學、漫畫等這類東西。主要都是庫克在講，而我轉達史考特的回覆。當然，史考特那些尖酸刻薄的冷嘲熱諷，我並沒有照樣一一轉述。

等車子再次開進城市裡時，庫克以非常嚴肅認真的表情說：

「我覺得我們現在變得很熟，所以我打算跟你說說。」

「你不好奇我為什麼去治療中心嗎？」

坦白說，我完全不好奇。不過庫克沒等我回答就繼續說下去：

「《酷狗寶貝》，我第一次看這個動畫時大概是八歲。那天晚上我作了夢，夢到自己飛到用起司製成的月球上去。夢境真的非常生動，我甚至到隔天晚上都還一直在想那個夢。那真的是夢嗎？我把窗戶整個打開來，剛好那天是滿月，月亮高掛空中，非常明亮。我彷彿被迷住了一般踩上窗框，朝月亮跳過去。我本應掉到地上摔個稀巴爛，卻悠悠地浮了起來，飛在半空中。身後還灑落一道長長的極光色粉塵，一路朝月球飛去。一切都很自然，彷彿我很久以前就能夠飛翔，卻在那時才發現。」

「這個人真的瘋了。」

史考特說。雖然我沒有轉述那句話給庫克聽，但我的確也是那麼想。我假裝在調整導航的設定，避開了庫克的視線。

「我沒過多久就碰到了月球。那個月球就跟《酷狗寶貝》裡的月球一模一樣，真的是用起司製成的。從表面到內在核心，全部都是起司，高達、艾曼塔、康提、切達等等，總之你能想到的所有起司種類上面都有。我盡情地享用了一番。然後回到家時，天已經亮了。」

「……原來如此。」

「之後我又搞懂了幾個事實。只有在滿月的時候我才能飛到月球上，而且我沒辦法把月球上的起司帶回來。另外，如果我跟別人講這件事，別人就會把我當作瘋子，所以我沒跟別人說。但是每到滿月的夜晚，我都必須跟別人說明，說明我究竟是消失到哪裡去了。結果爸爸就把我送到中心。」

庫克吸了吸鼻子。我不曉得該說些什麼，只是清了清喉嚨，發出掰開巧克力派時會有的奇怪聲響。我稍微能夠理解庫克，但同時又想大聲叫他不要再瘋言瘋語。事實上直到現在，我依然不清楚當時自己想跟他說什麼。我現在只記得，庫克對著車窗揮手說再見的模樣，實在是傻得可憐。

「史考特，你怎麼看庫克說的話？」

史考特懶懶地回答：

「還能怎麼想，當然覺得他是個徹頭徹尾的瘋子。」

「你說的對。」

我把吃完的披薩盒蓋上後藏在床底下，也不忘記打開窗戶讓披薩的味道散去。媽媽就快回來了。她如果問我今天的旅行怎麼樣，我打算跟她說簡直是棒透了，我交了一個新的精神病朋友。

「媽媽，那個朋友說他可以飛到月球上！很酷吧？比我還瘋狂呢！」

晚上涼爽的空氣從窗戶湧進來。黑夜已深，天空上掛著一顆圓圓的月亮，周遭的星星閃閃發光。不曉得是不是因為吃飽了，我突然睏得不得了。

「喂，史考特。看到那個圓圓的月亮，我突然好想吃鬆餅。」

在我開玩笑的時候，我驚訝到差點把剛剛吃的東西都吐出來。因為我看見了奇怪的景象。在遙遠月光的照射下，有個清晰的黑色形體正像火箭那樣飛衝上天。即使從遠處看，依然能看得非常清楚。

「史考特，你看見那個了嗎？」

我把史考特從沐浴水裡取出來後跑到窗邊。不過根本不需要再問史考特。那東西後面拖著一個如彗星般閃爍的長尾巴，在夜空中飛翔，他肯定就是庫克。庫克正在飛，準確地，直直地，朝向月球。我愣在原地看著那畫面。我真的瘋了嗎？跟精神病患待在一起，所以也得了精神病嗎？不是吧，這個到底是……

「史考特，史考特，你有看到那個嗎？」

我的眼睛追著庫克跑的同時大聲問道，但史考特並沒有回答我。

「史考特？」

雖然我又再問了一次，史考特仍然沒有回答。史考特只是靜靜地躺在我的手掌心，逐漸冷卻。

「史考特？喂，朋友？」

我站在窗邊，呆呆地輪流看向庫克和史考特。直到庫克飛得越來越遠，消失在月亮裡，最終連他留下的發光尾巴也逐漸模糊散去。

平坦的世界

事情發生在午餐快吃完的時候。我在碗底發現了一塊污漬。那塊深青色的污漬看起來就像瘀青，我放下筷子靜靜盯著看，發現它的邊緣有些缺口，藏到了飯粒下面。該怎麼辦？我看了看對坐吃飯的繼母，又往碗裡看了一眼，最後還是咕嚕咕嚕把剩下的飯全部吃進肚子裡。就算吃了感覺也不會死，飯的味道似乎也沒什麼特別的變化，吃起來和昨天的一模一樣，就是那種把材料隨便切一切，然後隨便炒一炒的味道。不過吃完飯再看，卻發現碗裡的污漬不見了。逃走了嗎？我收拾碗筷時，還偷偷檢查了碗底和餐桌，但這些地方什麼都沒有。說不定是被我吃掉了。我一邊這麼想，一邊刷洗污漬消失的飯碗。飯碗裡竟然有污漬，是我碗沒洗乾淨嗎？為了節省洗碗精而把碗泡在水裡是不是做錯了？我用比之前更容易起泡的海綿，還用了比之前更多的力氣，使勁搓洗飯碗，然後把碗倒扣放好就回房間了。

今天是周日，不用去學校，而且也沒什麼事情要做，沒什麼朋友可見，於是我晃到床上躺平，數算窗外電線桿上的電線，在YouTube上看看別人家養的貓咪，自己一個人消磨時間。我就這樣歪七扭八地躺在床上悠哉玩了一陣子，才突然想到有事情要做。今天早上我把制服襯衫泡在水盆裡。明天如果要穿去學校，就得把衣服洗乾淨後曬乾。我從床上坐起身來，卻覺得手臂支撐床墊的感覺，還有腳踩在地板上的觸感都有點怪怪的。我身體接觸到的地方都有種軟綿綿的觸感，彷彿上面套了一層薄薄的膜。我起身，就這樣愣愣站在原地。那時，我發現自己正逐漸變成半透明體。

是因為吃了污漬的關係嗎？

我又坐回床上仔細思索。今天與平日沒什麼不同，我並沒有做什麼會讓自己變成半透明的事情啊。若說有什麼不一樣，就只有吃午餐時可能把一塊污漬連同飯粒一起吃下去而已，難道那塊污漬會讓吃下去的人變成半透明的嗎？那麼跟我同吃一鍋飯的繼母也會變成半透明的嗎？為了確認狀況，我必須打開房門去往客廳才行。但奇怪的是，身體變成這樣之後，我很難像以前那樣施力。光是為了準確握住門把，就花了非常多時間，使勁握住轉動時，門把又滑溜溜地從手中滑了出去。最後我只好雙手並用，使盡全力才終於打開。勉強把門縫開到能擠進一根手指頭的寬度就讓我精疲力盡了。完全沒有走出去的力氣，只能癱坐在門檻上朝客廳望去。我看見繼母的後腦勺，她正在看電視，一如往常以歪斜的姿勢蜷縮坐著，看起來並沒有變成半透明的樣子。我發出聲音叫喚繼母：

「那個……」

然而繼母並沒有回頭。她坐著睡著了嗎？但我湊得更近一看，繼母並沒有睡著，只是百無聊賴地盯著看電視看。既然如此，她幹嘛忽視別人？我氣得再叫一次：

「那個！」

然而，即使我就在近處呼喚，繼母依舊面無表情，連我都覺得自己的聲音有一些奇怪，像是在很深很深的洞穴裡，或是在宇宙盡頭說話的感覺，嗡嗡作響，還有種莫名的寂寥感，不禁嚇得縮了縮身子。怪了，這是？難道？

浴室的門剛好開著，於是我走進去照照鏡子。本來鏡子裡應該會有一個矮小瘦弱、額頭上長了點痘痘的國中女孩站著，但我卻什麼都沒有看到。我扶著洗手檯，呆呆站著朝鏡子裡看了好一會兒。原本浴室裡我熟悉的景象——有水垢殘留的洗髮精瓶身，可能是上一個房客貼上去的人魚公主防滑貼紙，還有裂開的磁磚等，全部都還維持著原樣，但裡面卻沒有我。也就是說，別人聽不見也看不見我。整個人完全消失了。

原來如此。

我只是稍微有些驚訝，但並不覺得悲傷。若要追究我為什麼不悲傷，是因為我原本就沒什麼存在感。這世上有我沒我都沒有差別，即使存在著，也沒有人會關心我的心情如何，我想吃什麼，平常都跟誰玩在一起等等，所以從某個角度來看，現在這種狀態其實與平常無異。不對，說不定反而好。現在變成這樣，我倒是有一件想做的事。我微微笑著再次走到客廳，蹲在繼母面前。我蹲坐在她面前，直勾勾地看著她說：

「我也討厭妳。」

我說這話是預期她不會聽見，但她卻突然動了動手臂。我嚇得往後退，不過繼母依舊面無表情地拿起遙控器，切換電視頻道。這下我感到有些掃興，雖然這明明是我一直以來很想說出口的話。

「真的很討厭。」

我又補上一句，但總覺得已經沒什麼意思，於是作罷。

之後過了好幾個小時，繼母仍然一動也不動地盯著電視機看。雖然繼母在家裡本來除了看電視就沒有其他活動，但這也太誇張了吧，竟然就同樣一個姿勢動都不動好幾個小時。

我在變成半透明的狀況下，努力做了各種嘗試。雖然變成這樣還不到幾個小時，但我完全不覺得飢餓，也不會想上廁所。就算身體用力衝撞，依然是軟綿綿的，完全感受不到疼痛。即使如此，我也沒辦法穿越牆壁或物品，力氣仍然小得像螞蟻。我帶著實驗精神，嘗試提起被角，卻覺得棉被像米袋般重，很難挪動。我把目標改成傳單、髮圈等較輕的東西，又多嘗試了幾次，最終還是累得放棄。

做完實驗沒什麼要做的事，所以我就在家裡面四處亂晃。我沒辦法獨自把門打開，因此只能多次穿梭於門開著的地方，也就是我的房間、客廳和浴室。我昨天泡在水盆裡的襯衫還在那裡，放在浴室的地板上。看到那個我才想到學校。明天不用去學校了，想到這個心情就很愉悅。反正那個地方也沒什麼有趣的事情。

後來太陽下山了。繼母切換了幾次頻道後，把電視關掉。她朝著我房間的方向喊：

「高美。」

沒聽見我回答，於是她又叫了一次。

「高美。」

接著她終於站起身來。我饒有興致地注視著繼母走向我房間的背影。發現我不在房間後，繼母是會覺得驚訝，還是會生氣？繼母透過我為了跑出來而稍稍打開的門縫，朝黑漆漆的房間裡望了望。她在那裡站了一會兒後，把手伸進去打開房間的燈。空無一人的房間頓時變得相當明亮。

「鏘鏘，我不在這裡。」

我興奮大喊，雖然她大概聽不見。

不過，繼母原地看著空蕩蕩的房間好一陣子後，又一臉無所謂地把燈關掉了。然後她關掉客廳的燈，也關上廚房旁邊的窗戶。我目瞪口呆看著這一切。她若無其事地走進自己的房間，咣一聲把門關上。沙沙沙，房間裡傳來棉被摩擦皮膚時發出的聲響。

我奮力踢了繼母的房門一腳。雖然門晃也不晃，但總之我還是用盡了全力，而且還盡情開口辱罵。「我消失不見，妳很開心吧！非常痛快吧！」大聲叫出來後，憤懣的眼淚奪眶而出。淚珠猶如黏稠的果凍般，滴答落在地板上，散發出淡青色的光芒。生氣之餘，令人驚訝的是，沒想到這樣的身體也會流出眼淚。我趴在地上吸了吸鼻子，覺得這非常神奇，後來又有些洩氣，就不再踹門了。

不曉得身體變成這樣後是不是無法睡覺，我跟往常一樣躺在床上閉著眼睛，試圖入睡，卻只覺得精神抖擻，一雙眼睛骨碌骨碌轉個不停，一丁點睡意都沒有。我既沒辦法看電視，也沒辦法看手機和書，所以只能躺著想東想西。我努力把想法專注在開心愉快的事情上——明天不用去學校、不用考期末考試、不用打掃、不用洗衣服、不用洗碗。到目前為止，繼母都用她眼睛不好當作藉口，使喚我做事情，如今她必須自己煮飯來吃，自己洗衣服穿。從今以後我沒有任何需要忍受的事情了，想到這心情就好上許多。

我的繼母有一隻眼睛看不到。關於這部分，背後有一個可怕的故事。事情發生在繼母小時候。他們一家人坐車出門旅遊，卻在回程的路上發生四車連環車禍。當時繼母還是小學生，正在用長長的竹籤吃著從休息站買來的馬鈴薯球。車禍的衝擊導致竹籤深深插入她左邊的眼睛，還斷在眼球裡面。她隨即被送到醫院治療，卻不得不把軟爛的眼球和斷掉的竹籤一起剜出來。然而，繼母那天失去的不只有左邊的眼球，還有她的爸爸、媽媽以及年幼的弟弟，她失去了一切更重要的東西，所以相較之下少了左邊的眼球簡直是不足以掛齒的事件。

聽完這個故事後，我再也沒辦法吃馬鈴薯。因為當我咀嚼馬鈴薯時，口中會建構出眼球薄膜被尖銳竹籤深深刺穿後，「啪」地爆開來的鮮明感受。除此之外，只要是尖銳的物體，例如編織用的鉤針、注射針頭等，狀況不太好時，就連看到自動鉛筆之類的東西也會讓我渾身僵硬，產生想逃跑的念頭。雖然第一次聽到這個故事是在國小的時候，但過了幾年，即使現在我已經是國中生，還是很討厭尖銳的東西。到底為什麼要跟小孩子講這麼可怕的故事？我怎麼想都想不通。

跟我說這個故事的人，當然是我的爸爸。

他跟我說故事的那天還歷歷在目，跟故事本身一樣清晰。我從學校回來後，看見爸爸跟一個左眼戴著眼罩的女人一起坐在客廳。我本來就是個怕生的小孩，這下更是僵在玄關動也不動，但爸爸看都不看我一眼就喚我過去：「高美，過來這邊。」我怯生生地走過去後，那女人用沒被遮住的那隻眼睛打量我。看起來又小又犀利，不管是那女人，還是她的右眼。在我短短的人生中，還是初次遇到第一眼就覺得討厭的人，爸爸卻從容地說：「從今天開始，她就會跟我們一起在這個家生活。」我完全不明白爸爸在說什麼，只是直勾勾地盯著女人的臉看，爸爸或許誤以為我是在要求他解釋那個眼罩的事，所以才把竹籤和馬鈴薯的故事說給我聽。爸爸說完後甚至還哈哈笑了出來，一副他說了什麼風趣的笑話似的。話說，繼母在旁邊聽的時候，臉上是什麼表情？我忘了她是一起笑了，還是責怪爸爸跟小孩亂說話，反正我想應該不會是什麼愉快的表情。因為繼母在我面前，從來沒有過好臉色。

他們兩個人不僅沒有舉辦婚禮，連婚姻登記都沒有做，卻以夫妻的身分一起生活了許久。然而，日子並不寧靜。爸爸經常喝酒，他只要喝醉酒就會動手打人，所以我總是希望他能死掉，消失在我眼前。可能詛咒真的發揮了效果吧，沒過幾年他就死於肝硬化。家裡只剩下我和繼母。而且現在連我都變成半透明的，不曉得是存在還是不存在，因此家裡只剩下繼母一人。我只覺得很鬱悶。我原本希望最後留下來的那一個人是自己。希望自己能過得一身輕，不用照顧人，也沒什麼需要煩心的。

我之後該怎麼辦呢？

我平躺了一會兒，又橫躺了一會兒，不停翻來覆去，想著我半透明的未來。然而，不管我再怎麼想，都不覺得會發生什麼特別的事，別人聽不到我也看不見我，憑著這副身體無法對誰傾訴些什麼，真是無趣，無聊至極。不論是變成半透明之前還是之後，我的生活都好無趣又無聊。我一邊這麼想，一邊輾轉難眠直到天亮，半透明的第一天就這麼過去了。

繼母早上很晚才起來，她用笨拙的手藝煮泡麵當早餐吃，把臉洗乾淨後就外出了，一直到深夜才回家。我嘗試在繼母出門的時候，趁著大門打開的縫隙溜出去外面，但總是沒能抓準門開關的時間，已經失敗了好幾天。我同時也害怕一不小心就會被卡在大門之間，必須等到繼母回來才能獲救。繼母出門時總是會關了電視再走，所以沒什麼好玩的東西，這幾天我都過得非常無趣。

就這樣過了幾天來到周六。繼母吃完午餐後，在電視機前面坐下，於是我也在離她稍遠的位置坐下來，久違地投入在電視節目中，那時門鈴響了。繼母嚇得抖了一下，我也跟著嚇了一跳。因為在我變成半透明體之前，就鮮少有人會來我們家。繼母彎著身體從大門上的貓眼往外看去。

「請問是誰？」

「媽媽你好，我是高美的班導師。」

「妳說妳是誰？」

「高美在學校的老師。」

這時我才認出那個聲音，她是我的班導師。繼母猶豫了一下才把門打開來，玄關外面站著的人確實是班導師。平常只在學校見面，看她站在這種地方感覺有些奇怪，就像是一個來賣東西的中年人，不像是老師。繼母不曉得是不是也這麼認為，她絲毫沒有想把對方請進家裡的意思，只是站在玄關不動，仔細觀察著班導。

「很抱歉突然拜訪。因為我打了好幾通電話您都沒有接。而且高美的手機也關機了。」

或許是因為外面很熱，班導身上的汗水直流。然而，繼母還是沒打算將人請進家裡來。她反而硬是堵在門口，站著觀察班導的臉。班導也慌張地盯著繼母的臉。骯髒的拋棄式眼罩遮住左邊的眼睛，而骨碌骨碌轉動的右眼看起來相當犀利。

「她去外婆家了。」

在短暫的對峙之後，繼母開口說道。

「她說有跟學校報告過，您沒聽說嗎？」

班導歪了歪頭，嘴巴微微張開。她的表情看起來似乎完全不相信剛剛聽見的這番說詞。

「高美她，去外婆家了？」

「對，外婆家。」

「外婆家發生什麼事了嗎？就算這樣也不能擅自缺席。」

「外婆家……外婆家有人去世了。」

「去世？那您為什麼沒有一起去？」

「因為我不是她的親媽。」

這回班導頓時成了啞巴，一句話都說不出來，繼母則一臉得意洋洋的。這是哪門子幼稚的對決？我站在兩個人中間聽她們說話，猶如在看桌球比賽般把頭轉來轉去，一下看這邊，一下看那邊，最終噗哧笑了出來。

「我不知道高美和養母住在一起，她看起來總是開朗又活潑。」

班導吞吞吐吐地說。那時繼母卻大皺眉頭，看上去像是瞬間老了十歲。

「那個孩子開朗又活潑？」

「嗯？對啊，雖然看起來沒有特別要好的朋友，但高美還是很陽光又機靈，滿可愛……」

「竟然說她很陽光，路過的狗都要笑出來了。」

繼母挖苦道。我跟班導都嚇了一跳，直勾勾地盯著她的嘴巴看。

「我不知道她在學校是怎麼樣，但妳知道她在家裡是什麼模樣嗎？她非常冷漠又沒禮貌，簡直把我當空氣，連話都不跟我說一句。」

班導的表情變得凝重。她的頭頂烈陽高照，襯衫胸口已經可以看見兩圈圓圓的汗漬。我突然想到，自從變成半透明後，還未曾站在陽光底下。如果站到那陽光之下，會發生什麼事？會融化嗎？會整個融化後徹底消失不見嗎？如果能那樣……。

「她一開始就是那樣。若無其事地鄙視我。我想說她可能是覺得我的眼睛很可怕，又想說孩子還太小才會這樣，努力忍耐下來，但都過了幾年了。那臭丫頭不知道有多麼狡猾又惡劣。就算我想對她好，她照樣鄙視我，滿臉憎惡，擺出『我討厭妳這臭女人』的嘴臉，哼。她爸爸死後，我一個人做牛做馬賺錢回來，給她零用錢，讓她有飯吃，這都有什麼用？就算輕視大人也該有個分寸吧？那丫頭一點禮貌都不懂。這幾天不見人影，心裡真是舒暢。」

繼母一股腦將心聲吐露出來後，喘了好幾口氣。班導一臉嚇壞的模樣，往後退了半步。

「呃，高美媽媽……高美真的是去外婆家嗎？」

那時我迅速從班導的側身滑過，竄出大門。

在陽光下低頭一看，我的身體就像在水底仰望時會看見的水面，折射的光線閃爍發亮，相當美麗，我並沒有融化，也沒有消失。「真的好漂亮。」我一邊將手伸到空中任陽光照射，一邊喃喃自語。我經過班導，一步步吃力地穿越走廊。背後傳來繼母高聲大叫的聲音：

「難道只有她沒有父母嗎？我也沒有啊！我也是孤兒！」

要去哪裡呢？

雖然隔了好幾天才外出，但我沒有什麼特別想去的地方，也沒地方喚我過去，頓時茫然不已。只好漫無目的地四處亂走。通常這個時間我都在學校上課後輔導，現在人在外面，本身就很新鮮又有趣，但這也只是一時的，我很快就累得不行。可能是因為噪音。車子奔馳而過的聲音、人們聊天的聲音、鳥兒鳴叫的聲音都從我身體穿過去，嗡嗡作響，弄得我快吐出來。結果我沒走多遠，就癱坐在某間沒營業的店鋪門前的階梯上。

之後要做什麼呢？

一般電影裡的透明人都會去搶劫銀行，或是擔任間諜，又或是偷偷跟蹤情人，但是我對金錢沒什麼興趣，而且別說是情人了，我連朋友都沒有。再加上我沒辦法穿越金庫的牆壁，用這種身體應該沒辦法搶銀行。那麼該做什麼呢？我想做什麼呢？我坐在階梯上煩惱了許久。

我果然還是想離開這裡到很遙遠的地方。

不過，那個遙遠的地方究竟是哪裡？

沒想到我竟然沒有想去的地方，明明現在哪裡都可以去，原來我活得這麼無趣。楊高美過去十三年的人生真是枯燥乏味。我像羅丹的〈沉思者〉那樣彎身坐著，沉痛地嘆息。不過現在才來反省，感覺為時已晚，就算我重新回到變成半透明體之前的楊高美，似乎也不會過得很有趣，於是我決定停止這種徒勞的想法，轉而呆坐著觀賞路過的人群。我甚至一一跟他們搭話。「小朋友，你要去學跆拳道嗎？」「阿姨，妳買了大蔥啊？最近大蔥真的很甜。」「叔叔，登山好玩嗎？」「唉呦，姐姐妳記得帶雨傘，聽說傍晚會下雨。」然而，人們都毫無表情地直接從我面前走過，總有種被忽視的感覺，心裡難受了起來，就此打住。結果直到深夜，我依然什麼事情都沒做，什麼地方都沒去，就那樣一直待在原地。店面接二連三地關了門，路上行人也越來越少。大家都去哪裡了？大概都回家了吧！那個地方應該香味滿溢又溫暖舒適，還有喜歡的人在那裡休息。

他們理所當然地前往那樣的地方，我既羨慕又嫉妒，甚至皺起鼻子。那股情緒促使我迅速站起身來，但是卻邁不開步伐。如果我有想去的地方，就算要像現在這樣走走停停，以半透明的狀態搖搖晃晃地前往，也會執著地一直走下去。可是我並沒有那樣的地方。

路上人煙稀少，今天的末班車也已經停靠在公車站。對面便利商店的玻璃牆內，有個來交接的夜間工讀生正在換工作背心，我看了他一會兒，最後還是重新往家裡的方向走去。可能是快下雨了，偶爾吹來陣陣夾雜水氣的潮濕晚風，我的身體順著風吹拂的方向稍微波動搖晃。「唉唉，不想回去，不想回去，好討厭，討厭……」我自編旋律，低聲哼唱，一步一步慢慢地走著。

時間已過午夜，我心想大門肯定是關著的，大概要在門前等上好一陣子。然而，我走出電梯一看，昏暗的走廊中間，有一戶人家的大門微敞，門縫中透出明亮的燈光。我更仔細地看了看，才發現那是我們家。而且不曉得發生了什麼事，裡面還傳出一個陌生男子的聲音。我嚇得趕緊豎起耳朵。他聽起來像是在生氣，房子裡似乎有人吵架。

我縮著身體從門縫擠進去，看見家裡亂成一團。裝有食物的碗盤似乎被砸碎了，碎片和食物殘渣四散在玄關正對面的廚房地板上，絲毫沒有立足之地，而餐椅也斷了一腳，滾到流理台前。雖然我不可能發出腳步聲，但還是不自覺地墊高腳尖，悄悄經過玄關走到客廳裡，這邊的狀況看起來更糟。就像是有一群性急的小偷橫掃過般，衣櫃和抽屜全都被打開，所有東西都被掏出來，或碎裂滿地，或四處滾動。繼母就癱坐一片狼籍之中。她披頭散髮，在家裡也總是帶著的眼罩不曉得掉到哪去。當我發現繼母臉部下方乾掉的咖啡色污漬是血跡時，才注意到繼母用另一邊的眼睛惡狠狠地瞪著的地方站了一個男人。

我一開始以為他是國中生，或者是高中生。因為他體格矮小，頂多只比我高一個手掌，怎麼看都不像是大人。然而，仔細一看才知道我想錯了。男人的身材雖然很矮小，但他的確頂著一張大人的臉，而且那張臉看起來還比繼母大了幾歲。因為他的眼睛又小又圓，扁平的鼻子周遭布滿了醜陋的皺紋。就是那種，一輩子都皺著臉的人上了年紀時會有的皺紋。當他們對著比自己弱小的人叫囂時，有一半的喊叫聲都會再次反射回來附著到自己的臉上，然後堆積在臉上的所有凹陷處，經年累月成了現在這種模樣。

我還認識另一個擁有這種皺紋的男人，那就是我死去的爸爸。他總是對我和媽媽以及繼母大聲嘶吼，對我們提出要求，或是強迫我們做某些事，他的臉也長得這麼醜陋。大概是因為這樣，即使這個男人的體格和穿著打扮都跟爸爸不一樣，我卻覺得他們身上有某個地方散發出類似的氣質。不用想也知道男人和繼母之間是什麼樣的關係。因為會以那樣的角度蜷縮在地上互相對望的男女關係，只有一種。像那樣怒視對方的男女，我可是從小看到大。那女人實在命運多舛，不知道她是天生運勢就這麼糟，還是自己搞砸的，一再重蹈覆轍。我正這麼想時，男人突然一屁股在沙發上坐下來，然後伸手往褲子口袋裡撈了撈，把香菸和打火機拿出來，點燃了菸。

「熄掉。」

繼母低聲說。她依然用殺人的眼神瞪著男人，卻絲毫沒造成任何威脅。相反地，繼母越是瞪大她的右眼，左邊猶如爛番茄的眼窩，就越是明顯地突起。

「我叫你熄掉。」

男人瞪大眼睛，粗魯地把煙頭往沙發扶手上擰熄。他咬牙切齒露出尖牙，煙霧在下巴周圍瀰漫，看著這景象，我已經可以預測到接下來會發生什麼事。但我還沒來得及別過頭，男人的手已經抓住繼母的長髮。與此同時，他的另一隻手猶如蛇一般靈活地伸了出去，猛抽繼母的耳光。雖然我緊緊閉上眼睛，還是能夠感受到，粗糙的手掌落在臉頰上又抽離的觸感，刺耳的聲響，眼前閃爍的紅白光點，再也回不到光滑又完好無損的世界的絕望，從腳趾尖湧上來的沉重憎惡。這副身體既沒有體溫也沒有呼吸，我卻突然覺得臉在發燙，嘴裡吐出熱氣。彷彿蜷縮在男人腳底下，雙手護住右臉頰的人，不是繼母而是我。

繼母暫時一動也不動，像個死人一樣。在日光燈下可以清楚看見繼母的小腿中間有塊黑漆漆的瘀青。我呆呆站著凝視那塊瘀青，突然覺得肚子裡有什麼東西咕嚕咕嚕沸騰起來。當然我並非第一次看見繼母被毒打，而且我自己也曾經那樣挨打過，所以這種場景可以說是熟悉到讓人厭煩，但為什麼這種事情每次都會以同樣的形式帶來全新的折磨呢？我正這麼想時，男人突然迅速轉過身去。他拾起丟在沙發上的外套，粗魯地將手臂塞進袖子裡，大步朝玄關走去，一邊順腳踹飛擋路的東西，發出巨大的碎裂聲。不一會兒，他就粗暴地推開半掩的大門走了出去。那股氣勢把趴在地上的繼母嚇到抬起了頭，流出來的鼻血沾滿了整張臉。

繼母痛苦地緩緩爬起身來，癱坐在地上。她轉頭環視著亂七八糟的客廳和廚房，視線最終停留在男人走出去的玄關外，用一邊的眼睛凝視了許久。不曉得是不是快要下雨，外面隱約傳來轟隆隆的雷聲，但絲毫沒有人的動靜。我知道繼母在想什麼。因為我想的也是一樣。當爸爸把我、媽媽和繼母痛打一頓離開家門時，我也會許同樣的願望。

希望不要再有任何人來。

希望能這樣一個人待著。

繼母後來維持同樣的坐姿，凝視著大門許久。不過我知道，男人不會再來這個家，他也不會聯絡繼母。他會覺得自己運氣很背，覺得很糟糕又噁心，努力想忘記繼母的事情，並且真的很快就會忘記。然後像是從未認識那種人般，若無其事地過活。繼母或許也體會到這一點，不知從什麼時候開始，她已經將右眼的視線移開大門，改看向空中的某個點。我好奇她在看什麼而跟著她的視線移動，卻發現那裡什麼都沒有。正覺得困惑時，繼母用跟剛剛差不多的姿勢慢慢地趴回地面。她把手臂和腿縮到肚子前，擺出像是在跪拜的姿勢並維持了一陣子。

然後她就那樣，漸漸開始變得透明。

就像是「啪、搭」扳動金屬片後，開始產生變化的液體暖暖包那樣，半透明的白濁從繼母的身體中央開始迅速蔓延。本來壓在繼母身體下方地板，被熨斗燙出來的污漬也依稀露了出來。我不曉得該怎麼辦，只是渾身僵直立在原地，看著繼母逐漸變成半透明體。時間感覺過得異常緩慢。

繼母從頭到腳都變成半透明後，還趴在地上好長時間都沒有起身。她或許還沒有察覺到身體的變化。因為我一開始也是這樣。然而，我擔心她會用那副模樣離開世間，突然有些害怕，於是不管她聽不聽得見，我都決定開口喚她看看。不過，我之前都是怎麼稱呼這個人的？我撇起嘴，做出叫人的嘴型，但真要發出聲音時，又不知道該怎麼叫她。雖然我不喜歡她，但畢竟也在同一個屋簷下住了許久，所以肯定還是有給她一個稱呼，現在卻想不起來。我咧著嘴愣了一會兒，最終出聲叫喚道：

「那個……」

我尷尬地低聲呼喚，繼母被我的聲音嚇到，瞬間抬起頭來往我這邊看，在那一刻我們四目相對。

我可以感受到，繼母的視線並沒有越過我看向我的後方，而是準確地對到我的眼睛，我也準確地對到繼母的眼睛，不只是她完好的那一隻右眼，而是連她小時候失去的左眼也一起，同時看向她的雙眼。我們有好一會兒就只是這樣沉默地注視著彼此。日光燈的光線直接穿透過去，繼母灰濛濛的臉，依然維持著變成半透明體之前的模樣，所以巴掌印依舊腫得鼓鼓的，但奇怪的是，我不再像以前那樣覺得難以直視，反而覺得她有些可憐。越看越覺得她的命運太過曲折，我現在才發現她長得有點像某個演員，那個誰，就是每次都演貧窮媽媽的那個人。我一邊這麼想，一邊放任剛回神過來的繼母看著我放聲尖叫，驚嚇得渾身打顫。

「妳從什麼開始在那裡的？」

「從一開始。」

「一開始是什麼時候？」

「從我不見的那天開始。」

「一直都是這種狀態？」

「一直都是這種狀態。」

奇怪的問答結束後，我們沒再和對方說什麼。

我們暫時保持沉默，在一片狼籍的客廳裡坐了下來。有種丟臉又尷尬的感覺。不過這個場景、這種感覺又似乎不全然是陌生的，好像什麼時候也有過這類的事情，仔細一想，還真的有。繼母和我也曾經跟現在一樣，像兩個醜陋的物品待在同一個地方，沉默地持續膨脹。那天爸爸砸碎了家裡的各種生活用品，還把勸阻的我們暴打一頓就走出家門了。當時也是凌晨，家裡到處都是被砸碎的東西，還有留下的我們的迷茫和悲傷，都和今天非常相似。只有砸東西的換成了別人，被砸碎的物品同樣是那些，我們那天後來怎麼了？我們神情慌張的在地上呆坐了一會兒。不久後就站起來開始收拾東倒西歪的物品。完全壞掉的東西就丟掉，還沒摔壞的就修補。不管是當時還是現在，我們的關係都沒有親近到會互相跟對方抱怨的地步，所以只是閉上嘴巴默默地整理，發出喀噠喀噠的聲響。

我正沉浸在思緒之中，繼母突然站了起來，然後慢慢地往浴室走去。她大概是去照鏡子，就像我之前那樣。她應該會扶著洗手台嚇一大跳吧。果然，繼母進去浴室後，久久沒有開口說話。不過，等她從浴室出來時，臉上已經沒有受到驚嚇的表情。她看起來反而有些輕鬆，甚至可以稱得上愉快。我心裡有些不是滋味。再也不用擔負任何責任，再也不用展現給任何人看——當我明白了這一點時，是否也像士兵聽見宣告停戰的號角聲那樣，露出輕鬆自在的表情？為什麼我們像約好似地露出相同的表情呢？我正這麼想時，繼母踩著輕快的步伐從浴室走出來，看著我問：

「我們死了嗎？」

「好像不是，又好像是。」

「妳那是什麼回答？」

「我也不太清楚，才過了沒幾天。」

繼母用腫脹的側臉瞥了我一眼後，噗哧笑了出來。搞什麼，幹嘛突然裝熟？我迅速別過頭。但奇怪的是，從剛剛開始我也一直在偷笑。當我突然想到，繼母或許能透視我變得半透明的後腦勺，看見我上揚的嘴角時，便趕緊故作嚴肅，不過似乎已經遲了一步。變成半透明體，原來意味著很難再說謊啊！算了，不管了。我決定直接笑出來。雖然這不容易，但也沒有想像中那麼困難。

「不會睏，肚子也不餓。」

「感覺是那樣，我也不覺得痛。」

「但沒有力氣，使不出力來。」

「天啊，真的耶！」

「再怎麼試都不行吧？」

「嗯嗯，呼。」

繼母在玄關那裡發出嘆氣聲。她似乎想移動門邊的馬蹄形門擋，把門關上，但卻失敗了。如今這個家中已經沒有人能自由地開關門，所以就讓門那樣開著或許比較好，只不過等天亮之後，鄰居經過我們家前面的走廊時，想必都能清楚看見家裡亂七八糟的模樣。不過這又有什麼關係，反正他們就算朝內看，也看不見我們。繼母可能跟我看法一致，她很快就放棄把門關上的念頭，再次走回客廳坐在地上。

「話說……」

繼母坐著問我：

「妳……那時候也在嗎？」

「那時？」

「就……周六那天。」

周六是哪時候？我早就對今天是周幾沒什麼概念，思考了好一會兒才想起來。繼母問的大概是班導師來我們家的時候。

「對啊，我在。」

「……這樣喔。」

「怎麼了？」

我沒多想就反問回去，才突然明白她為什麼要問我。一看到繼母蠕動嘴脣的模樣，我立刻像被什麼東西刺到似的突然站起身來。

「啊！千萬別說出口。」

我似乎知道繼母想說什麼話。不對，我確實知道她要說什麼。我彷彿已經聽到了般非常清楚，但是我並不想聽。不想聽她道歉，不想聽她求我原諒，不想聽她說她也很辛苦，總之我不想聽那一類既無意義又讓人厭煩的內容。明明什麼都挽回不了，卻一副講了就什麼事都沒關係的那種話；越反覆咀嚼，就越覺得空虛又澀口的那種話，如果她真的把那種話說出口，我一定會無法忍受。我對於自己剛剛笑出來的事情實在後悔到想咬舌自盡。她大概誤以為我們一起笑過一回，所有的事情就可以一筆勾消。沒錯，對他們那種人來說，凡事都那麼容易又乾脆。那種生物就是引起騷動，砸毀一切，轉過頭就忘得一乾二淨。我忽然感到肚子裡有微小的氣泡咕嚕咕嚕地在沸騰。好想瞬間爆炸。我希望自己整個爆開來後，淡青色的透明軀體一塊塊散落各處，再也無法重新恢復成人類的模樣。

我踉踉蹌蹌地朝門口走去。繼母一臉驚訝地抬頭看我。我要離開，我要消失。從這裡走出去後，就不想再回來，不願再次想起。雖然不知道怎麼做才能消失不見，但所有做得到的方法我都一定要試看看。

當我靠近打開的大門時，發現外面正下著傾盆大雨。

那時突然有一個龐然大物啪拉啪拉飛過來，直接黏在我的肩頭上。是一隻手掌般大的棕色飛蛾。我大叫一聲「啊」，僵在原地。繼母跑了過來。她看到飛蛾時，雖然也發出短促的尖叫聲，但下一秒就立刻伸手去拍，輕輕鬆鬆地把飛蛾趕走了。飛蛾拍拍翅膀朝天花板飛去，改停在那裡。然而，即使蛾已經飛走，我們兩人還是一臉驚嚇地楞在原地。

我有預感這種感覺會比我這輩子感受到的其他東西更鮮明地留在我的記憶中。也就是在繼母的手觸碰到我身體的那瞬間，她半透明的身體快速地晃動了一下，與我的身體重疊又分開的感覺。在短暫的瞬間中，我們合在一起又再次分開。就像是兩顆水珠碰到又分開那樣。我到現在依然能感覺到，肩膀附近還殘留構成繼母的手的成分，同時也知道構成我肩膀的成分一樣混入了繼母的手中。雖然沒有人打破沉默，但呆呆站在那裡的我們都體會到同一個事實——往後不管是誰，不論什麼東西，都沒辦法將我們從彼此身上分離出來。

厚重悠揚的雷聲逐漸從遠處靠近，震撼我們之後又再次走遠。雨勢越來越大了。從門縫看出去，空中布滿了閃閃發亮的雨絲，彷彿有人用刀在上面劃出一道道痕跡。我們看見走廊上很快便開始積水，感覺不用多久就會滲進屋子裡。

我們幾乎同時採取動作：互看一眼後，一屁股蹲在大門前面。兩雙手交疊在一起，抓住馬蹄形的門擋，用盡全力把它往上扳。雖然用力到渾身都在顫抖，但終究能勉強讓門擋稍微脫離地面。然而，在門擋再次落地的瞬間，被風帶動的大門「咣」地一聲用力關上，害得我們兩人同時往後摔倒。如果是正常的身體，我們就算沒有腦震盪，後腦勺大概也會撞出一個大腫包。不過我們都是軟綿綿的半透明體，所以只是狠狠被摔倒在地上，以奇妙的姿勢仰頭看向玄關的天花板。

這一摔後，整個世界都靜了下來。

我仰躺在地，只動了動眼珠看向關上的大門。只不過是把門關上罷了，各種從外面的世界傳進來的聲音，都猶如被消音般瞬間消失不見，感覺好奇怪。靜悄悄地，好安靜。彷彿什麼壞事都沒有發生過一樣。繼母看著我隨意亂伸，穿著破舊運動鞋的雙腿，而我精疲力盡地嘆了一口長氣。既然都躺下來了，就用更舒服的姿勢躺著吧！我把背部貼緊地板，閉上眼睛。

「好平坦。」我不自覺地低聲說道。

若你問我是什麼很平坦，我該怎麼回答？是從我們躺著的這個地方，以我們背部緊貼著的支點為開頭，往外延伸的整個世界嗎？這是一個非常筆直又平坦的世界，能使人確實又穩固地待在那裡——就算用這種半透明的軟糖型態隨意躺著，底下也沒有坡度或是凹洞，沒有咕溜咕溜滑動到別處的可能；即使有人推了一把，依然能聞風不動地待在原地。作為證據，我們會像這樣繼續隨意躺著，直到我們想站起來，直到我們有想去的地方。以又圓又扁的模樣，以又寧靜又平坦的模樣。

我閉上眼睛，背部稍微多施點力氣，緊緊平貼在地板上。外面似乎仍然下著傾盆大雨。狂風肯定席卷雨水掃遍了所有街道。然而，門關上之後，連一丁點雨珠都不會滲入家中，所以無論外面下不下雨都不再重要了。

綠鬣蜥與我

「果然還是沒帶走。」我不自覺地喃喃說出口後，怒氣才開始湧上心頭，但其實我也不知道湧上來的究竟是怒火還是別的東西。

我脫下鞋子踏入室內。太陽正逐漸在西下，落日的晚霞橙光灑滿了整個房間。在一片光芒中，零零星星空出一些位置，少了一人份的行李，就分手後的場景來說，可謂美麗至極，沒有不足之處——我本來或許會這樣想，如果在鎬沒有把那個東西留下來的話。

清掉在鎬雜物的書桌上，很乾淨又寧靜。上面孤零零地放了一個用玻璃製的水缸。我躡手躡腳地走過去，把臉貼近塑膠蓋的縫隙。我徒留妄想，希望他只是留下水缸，裡面的東西已經帶走了，但果然不可能發生那樣的事，在水缸中間的長條木塊上，我還是與牠四目相對。那就是在鎬的綠鬣蜥。

我們瞪著彼此好一會兒。其實是我在瞪人家，綠鬣蜥就跟平常一樣，像個醜陋的橡膠玩具，趴在那裡看著我罷了。總之，從牠小如手指甲的眼睛，到呈三角形突起的腦袋，以及背脊上冒出的尖刺，還有瘦長的尾巴，都一一仔細掃視過後，莫名有種力氣全失的感覺。也是，瞪牠又有什麼用。這也無法改變什麼。我既疲憊又覺得荒謬，咚一聲跨坐在床上，心裡空空蕩蕩的。緩緩轉頭看了看周遭，天啊！本來鋪在床上的超細纖維薄毯竟然不見了。肯定是在鎬拿走的。當然，嚴格來說，那條毯子是去年冬天在鎬買回來的，所以他帶走也沒什麼錯，真的沒什麼錯。但我還是坐在褪去一層毯子，變得光禿禿的床上，朝著綠鬣蜥水缸的方向悄悄罵了一聲：「混蛋。」

其實我原本就知道。如果我和在鎬分手，也就是在鎬把他的行李統統清空的那一天真的來臨時，他一定會單獨留下綠鬣蜥。

這種不祥的徵兆從我跟在鎬同居的第一天開始就出現了。雖然是同居，卻不是所有家當都搬到同一處，只有在鎬自己一個人住進了我的全租房裡[9]。我一聽說在鎬的房子租約到期，立刻努力慫恿他搬進我家，在鎬半推半就地答應了。看到這裡你應該已經有所察覺，我當時喜歡在鎬喜歡到無可救藥的程度。心愛的在鎬，寶貝的在鎬，竟然從今天開始就要跟我一起住。這不曉得讓我多麼開心，就算從在鎬帶來的各種雜物裡看見那個龐大的玻璃水缸，也只是問了一句：「那個是什麼？」在鎬皺著眉回答：「就綠鬣蜥啊！」從他的語氣聽來，彷彿行李中有一隻綠鬣蜥沒什麼好奇怪的。反而是我接不上話，只好彎著腰往玻璃水缸內探去。一股惡臭味撲鼻而來，水腥味中還夾雜著腐肉的味道。水缸的四個角落都長了苔蘚，看起來應該許久沒清理了。我憋住氣慢慢掃視裡面，

9 韓國特有的租屋方式。房客繳納一筆保證金給房東，金額大約為房價的百分之三十到八十不等。租賃期間無需再繳納房租，等租約期滿後，房東會退還所有保證金。

真的有一隻綠鬣蜥蜷縮在腐爛的木塊上。加上牠的長尾巴，總長應該有四五十公分吧？牠的皮膚就像綠色的生雞皮那樣，凹凸不平、色彩斑駁，還有跟身體比起來過於短小的四肢，一看就覺得噁心至極。「在鎬，所以你現在的意思是，要在我家養牠嗎？」當我轉過頭打算發問時，先看到在鎬在另一頭整理行李的背影。他以結實的身軀彎著腰，完全背對著我。我輪流看向綠鬣蜥的水缸和那個背影，最後改變原本想說的話：「牠叫什麼名字？」在鎬轉過身來，簡短地回答：

「沒有名字，就是綠鬣蜥。」

「就叫綠鬣蜥？」我不自覺地反問回去，但在鎬始終沒有再回頭看。只是持續將一些雜物不斷地從箱子裡拿出來。我垂下手，愣愣看著他動作，後來自己把綠鬣蜥的水缸放置在書桌的一角。

當然，這隻綠鬣蜥並沒有對我心中期待的幸福同居生活造成多大影響，但還是導致一定程度的不便。首先，綠鬣蜥的水缸跟我本來已經很狹窄的家比起來實在太龐大又笨重，而且如果沒有定期清潔，就會散發出一股腥臭味。除此之外，總要有個人在水缸的角落放置蔬菜棒和乾淨的水之類的，偶爾還要看看裡面，確認牠是死是活。這些事情在鎬一件都不做。他反而將綠鬣蜥當作一個醜陋又不合適的裝飾品，愛理不理的，連水缸附近都不靠近。結果這些雜事全部都變成我的工作。然而，很愚蠢的是，我們一起生活了好幾個季節，我還是連綠鬣蜥的ㄌ字都沒有跟在鎬提到過。在那種狀況下，哪怕是碎碎念或抱怨也好，至少應該說句什麼才對。不過，當時就算那麼做了，似乎也改變不了什麼，更坦白地說，我並不想刻意拿一些刺耳的事情來煩在鎬。

因此，我在很久之後才知道綠鬣蜥的故事。那天，我們把吃剩的晚餐擱置在一旁，閒聊以前的戀愛史。在鎬一直在說前女友的壞話，講著講著突然想到似的，伸手指向綠鬣蜥的水缸，大聲叫道：「那個，妳知道那個東西背後有多麼不像話的事嗎？」

那件不像話的事簡單來說如下：綠鬣蜥原本是在鎬的前女友飼養的寵物，在鎬當時在租來的房子裡和那個女人一起住了幾個月。但是那個女人搬來的時候，帶著自己的行李和綠鬣蜥。在鎬嚇了一跳，問她怎麼會養這種動物，結果那女人說是她前男友養的，後來分手時把牠交給了自己，並且邊講邊氣得臉紅脖子粗，把前男友臭罵了一頓，說他突然要去義大利當咖啡學徒，丟下綠鬣蜥後就消失不見了。聽到那麼荒唐的故事，不可一世的在鎬也覺得再繼續追究綠鬣蜥的事情似乎有點不恰當，於是就不了了之，最終還是將牠放在家裡的某個角落。

他們就那樣和平相處了一段時間，然後某天，也不是別的什麼日子，就是他們大吵一架後的隔天，總之在鎬打工完回到家，事情已經發生了。也就是呢，整個房間都被清空，只剩下綠鬣蜥的水缸孤零零地留在那裡。當然，在鎬可不會默默承受，他立刻打電話過去興師問罪，但得到的回覆卻相當精采。「嗯……，看你是要送人還是丟掉，隨便。」在鎬模仿那個女人漠不關心的語氣，非常生動地念出台詞。然後一副現在回想起來還是很生氣的模樣，咬牙補充道：「活著的東西是要怎麼丟啊？真是的。」

雖然我只是笑著撫摸在鎬的手背，但其實已經明白了一件事——那就是兩個故事驚人的相似之處，顯然在鎬總有一天也會把綠鬣蜥丟給我就走。不過，我沒有去確認自己想得對不對，而是問了他其他問題。「在鎬，所以牠會活多久？」我一問，剛剛還怒不可遏的在鎬立刻變得很溫柔，回答道：「不知道耶，牠會活多久呢？五年？還是十年？」

聊這個話題的時候，綠鬣蜥就在我們身後，宛如朽木般懶洋洋地趴著動也不動。牠看起來什麼都聽不到，什麼都不明白，而且就算牠知道，似乎也覺得這一切跟自己毫無關係。

「游泳池會不會有人說想要養？」

聽了我的故事後，有珍如此說。然後轉過身來，把她的背部朝向我。我抓住有珍泳衣背後長長的拉鍊，一邊幫她往上拉，一邊想「會有嗎」。天底下哪有人會想養綠鬣蜥這種噁心的動物，雖然我是這麼想，但還是覺得如果在游泳池裡問一問，說不定會有不同的結果。像是下午來上有氧舞蹈的阿姨們如何？她們的孩子鐵定會喜歡。我一一回想每個阿姨的臉龐，這次換我把背部轉向有珍。有珍用力拉上了拉鍊。

「暖身運動我來帶，妳休息一下再出來，妳的臉色真的糟透了。」

有珍用手緊緊抓了抓我的肩膀後，朝游泳池走去。很快就聽到一聲長長的哨音。

我坐下來照照對面的鏡子，我的臉色真的，糟透了。腫得厚厚的眼皮往下低垂，黯淡無光的雙頰不見絲毫血氣，彷彿只是在骨頭上套一層壞人心情的外皮，簡直是醜八怪……不對，但是，這個完全就是……綠鬣蜥嘛！我意識到這點後，立刻像著了火似的站了起來。我將一隻腳抬到椅子上用力往下壓，開始伸展小腿和大腿。直到我聽見告知暖身結束的長哨音之前，持續轉動伸展、揉捏按壓身體各處，卻一點放鬆的感覺也沒有。

那天下班後，我將寫有「領養綠鬣蜥，請洽服務台」的紙張貼在游泳池的牆壁上。等了好幾天，還是沒有人要來領養。

於是我下午回到家時，綠鬣蜥總是在那裡。因為不能放任牠死，所以餵牠吃東西，而且我討厭臭味，所以也得清理水缸。但這麼做的同時我又在想，自己到底是在幹嘛，實在是搞不懂。在豆子那般大的套房裡，不管待在哪個位置都可以看見綠鬣蜥的水缸。吃飯的時候，曬衣服的時候，我總是能瞥到綠鬣蜥那裡。晚上也常側躺在床上，看著黑漆漆的水缸入睡。

當然，我也曾經突然爬起來找手機按下在鎬的電話號碼。就像在鎬做過的那樣，就像在鎬的前女友，不對，現在是前前女友的那個人做過的那樣，我也要堂堂正正地追究到底。不過，在按下通話按鈕之前，我不得不煩惱開頭該講些什麼，該如何追究才痛快，結果還是作罷。因為不用想也知道在鎬會說什麼。如同他回應不了前前女友的那句話，我大概也會支支吾吾地像個傻瓜一樣退縮吧！掛了電話，一定會後悔地踹床墊一腳，覺得自己白打了。再加上，如果在鎬胡亂理解，自以為我對他還有意思，才會拿綠鬣蜥當作藉口打電話給他，那可怎麼辦？與其製造機會讓他胡思亂想，還不如伺候綠鬣蜥一輩子。我把頭埋在新買的冬被裡煩惱了好一陣子，就那樣睡著了。

就這樣過了幾個月，某天下班跟有珍一起去喝酒。剛好隔天是周末，所以我們達成協議決定一路喝到掛，但這附近卻沒有值得去的酒吧。最後去了之前我和在鎬常去的啤酒屋，自然不可避免地談論到在鎬。我把筷子插在倒了燒酒的啤酒杯裡，聊了各式各樣關於在鎬的話題。他總是大聲玩手遊玩到清晨；如果點了外送，他總是無所事事地在旁邊等我拆開包裝，把食物拿出來；搞不懂他褲子的口袋裡怎麼會有那麼多衛生紙團，每次洗衣服時，都把洗衣機弄得一團糟。「還有什麼？他還做了什麼壞事？」我嘴巴動得很勤勞，頭腦也很努力在回憶，那時一直靜靜聽我說的有珍突然問：

「不過妳為什麼跟那種人交往？」

她乾脆罵我一頓，或是踹翻椅子跑出店面，我還不會這麼慌張。我把要說的話吞回去，呆呆地盯著有珍的臉看。有珍不是在諷刺我，她的表情看起來是真心感到好奇，但這反倒讓我說不出話來。有珍看我臉色不對，急著補了一句：「我們現在也有點年紀了，妳要像這樣任憑那種男人擺弄到什麼時候？我是替妳覺得可惜，真的覺得很可惜才這麼說。」我愣愣地看著似乎真的為我感到可惜的有珍，斷斷續續地接話：「對啊，為什麼跟他交往呢？哈哈哈。之後應該要跟好一點的人交往。」我邊說邊喝光酒杯裡的酒，然後繼續努力狂飲燒啤。

後來我回到家，心想也沒人會看到，索性就把衣服脫下來隨手一丟，身上只剩下內褲，在冰冷的房間地板上呈大字型躺了下來。這時才覺得喉嚨下方的深處，有某個東西咕嚕湧了上來。感覺不是悲傷，但也不是憤怒，這到底是什麼情緒？我仰頭看向天花板，細細咀嚼這種感受，想來想去，這個，沒錯，就是悲慘。我迅速坐起身來。放在書桌上的綠鬣蜥水缸剛好與我的視線高度一致，正好與把頭貼在玻璃牆看著我的綠鬣蜥四目相對。牠看起來就像是在觀賞我一樣，害我忍不住撲哧笑了出來。

「你又有什麼了不起的，還在那邊看我？不管是你還是我，一樣都被拋棄了。

「喂，我們被拋棄了，被那個垃圾拋棄了。

「我不是在發酒瘋，我們是真的被那個垃圾拋棄了。」

我看著綠鬣蜥說。綠鬣蜥瞪大牠金黃色的眼睛，抬起頭直盯著我看。怎麼會突然有了勇氣呢？我衝動地把水缸的蓋子稍微推開，伸手探了進去。平時清理水缸的時候，總擔心綠鬣蜥會突然跑過來，或是咬我，所以都躲得遠遠的，才好不容易把壁面上的苔蘚擦拭乾淨，但今天或許是因為有些醉意，一點都不覺得害怕。我毫不猶豫地把手伸向了朝綠鬣蜥的頭。

心裡想著綠鬣蜥或許會逃走，結果卻沒有。我的手非常輕易就碰到綠鬣蜥的眉間，還是該說是額頭？總之就是牠兩隻眼睛中間那個平坦的部位。綠鬣蜥的皮膚既光滑又柔軟。因為花紋斑駁，才誤以為摸起來也會很粗糙、扎手，結果卻是完全不一樣的觸感。在又薄又細緻的皮膚下面，可以感受到綠鬣蜥堅硬的頭骨。我把兩根手指頭一起放在上面，小心翼翼地撫摸牠。被摸的綠鬣蜥抬起了頭。牠用前腳把上半身撐起來，然後將頭挺得更高。牠維持那個姿勢閉上眼睛，而且好一會兒都沒有張開。雖然不知道牠到底是喜歡被這樣摸，還是不喜歡，反正牠沒有咬我的手，也沒有抓我，所以我又前前後後撫摸了牠的頭幾下。「原來牠真的活著啊！」我頓時有所體悟。

就在那時，手指下方倏地傳來一個微弱低沉的聲音。

「那，那個。」

我大吃一驚，倒抽了一口氣。我立刻把手抽離水缸，用雙臂遮住脫光光的上半身。我環顧四周，但小小的房間裡當然什麼人都沒有。我是喝醉幻聽了嗎？說不定是隔壁傳來的聲音。我嚇到各種可能都想了一遍，結果從下面傳來「叩叩」的聲響，聽起來是敲打硬物發出的聲音。低頭一看，發現綠鬣蜥正用右邊的前腳拍打水缸的壁面。與我視線相對的綠鬣蜥小心翼翼地開口說道：

「很抱歉突然拜託您，請問……您可以教我游泳嗎？」

「咦？教什麼？」

我反射性地回問後才發覺，自己現在正在跟綠鬣蜥對話。

與我對視的綠鬣蜥沒有回答我，而是稍微眨了眨一邊的眼睛。那個表情看起來就像在辯解，表示牠真的很抱歉對我造成了困擾，但是牠實在有不得已的苦衷。我看到後更加驚慌，連聲道：「這是什麼，什麼情況？」然後急忙先把衣服撿起來穿上。

雖然有很多想問的，但真的和綠鬣蜥面對面坐下來後，根本不知道該從什麼開始講起才好。首先，我到底是要跟牠講敬語，還是跟牠講半語，光這件事就讓我混亂不已。即使不知道綠鬣蜥幾歲了，但牠肯定比我還要小，跟牠說敬語總覺得有些尷尬，但是馬上就跟牠說半語，又不太禮貌。結果，我開口說的第一句話，既不是半語，也不是敬語。

「那個……你要不要邊喝點什麼邊說話……」

「我喝水就可以了。」

綠鬣蜥謹慎地回應。於是我到廚房用一個扁平的小碗裝了點冷水，放到牠的面前。我靜靜看著綠鬣蜥低頭喝水的模樣，心情不禁變得有些複雜。綠鬣蜥或許也是如此，牠露出深思的神情，隔了好一陣子才又開口。

「感覺……您應該受到很大的驚嚇。」

平靜又緩慢的語調，聲音聽起來就像早熟的小孩子。

「也沒有，雖然是嚇到了……你先說說看是什麼狀況。」

我依然用無法清楚辨別是敬語還是半語的語法回答牠。

綠鬣蜥稍微看向半空中，又低頭多喝了點水，似乎是在整理思緒。牠用前腳擦拭嘴邊，冷靜地說道：

「如果有什麼疑問，我可以回答您。」

牠果然很聰明，我最好奇的當然是：

「請問……你是從什麼時候開始會說人話的？」

問完後，我的臉頰突然漲紅。想一想，到目前為止，我跟在鎬同居了一年半，而在鎬走了之後又過了幾個月，總共跟綠鬣蜥一起生活了兩年左右。當然，我從未意識到綠鬣蜥在看我，所以在牠面前出糗已經不是一次兩次的事了。

「從很久以前就會講了……您別擔心，我什麼都沒看到，什麼都沒聽到。」

或許是猜測到我在想什麼，牠又多補充了一句。不過那句話的意思自然是牠全部都看到，而且全部都聽見了。

「不過，你為什麼現在才……開始說話……呢？」

我沒問牠，之前明明遇過那麼多人，為什麼偏偏要跟我說話。

「我可能快死了，在死前有想做的事。」

「快死了？為什麼？」

「嗯，因為我沒有受到妥善的照顧，這麼說您能理解嗎？我長久以來都缺乏陽光和養分。一直以來都是勉強維持著生命，現在已經到了很難再繼續維持的程度了。啊，但我這麼說不是在抱怨，這背後的緣由我都很清楚。對了，您看看我的尾巴。上次脫皮的時候，沒有完全把舊的皮脫掉，結果就變成這樣子了。」

綠鬣蜥轉過身將尾巴秀給我看。尾端鈍鈍的，看起來像是被截斷了。那個傷口很大，奇怪的是我現在才發現。話說這是我第一次在明亮的地方仔細看綠鬣蜥，不僅是尾巴，牠全身各處都有腐爛和脫落的傷口，一看就知道健康狀態不好。我既抱歉又慚愧，話都說不出口。

「總之，以這個狀態來說，頂多只能再活幾個月。我雖然不怕死，但在死前有非常想做的事情，所以正在煩惱該怎麼辦。因為您剛剛突然跟我說話，還撫摸我……所以我想說就豁出去了。反正不管是死在這個狹窄的水缸裡，還是因為會說話而被賣到馬戲團送死，結果都是一樣。」

綠鬣蜥講到「馬戲團」時，用很悲傷的表情看著我。似乎是在問我：「妳不會真的把我賣到那種地方吧？」我沒有跟牠說自己絕對不會那麼做，而是問了其他想知道的事。

「所以你想做什麼？」

聽到我這麼問時，綠鬣蜥迫不及待地挺直上半身，毫不猶豫地回答道：

「我想去墨西哥。如果想游到那裡，我必須先學會游泳。」

牠在說什麼蠢話。

我雖然張開了嘴巴，卻什麼話都答不上來，嘴巴開開合合了好幾次後，最後還是選擇閉上。牠的願望實在太不合理，我不知道該從哪個部分開始指正，因此才說不出話來。但更重要的是，我從牠堅定的語氣和姿態中，判別出牠講這番話的決心。明白這是牠長久以來獨自苦思後做出的決定，不管是誰說了什麼，都無法輕易推翻牠的想法。

綠鬣蜥金黃色的眼睛注視著我。我像是犯了罪的人一樣，倉皇地避開牠的視線。其實那個時候我還相當混亂，搞不清楚這究竟是什麼狀況，但我清楚知道，自己不明所以地卷入了奇怪又頭痛的事情。

綠鬣蜥拒絕了直接將牠帶到墨西哥去的提議。只要我教牠游泳，牠就感激不盡又抱歉不已了，而學會游泳之後的事情，牠想憑靠自己的力量去完成。我纏著講不聽的綠鬣蜥爭執了好一會兒，最終還是敲定了出發的日子，並且約好陪牠到東海的某個海邊，但我心裡卻覺得很不踏實。

「你知道墨西哥有多遠嗎？那麼遠的地方怎麼會想自己過去？」

我把綠鬣蜥放到電腦面前，打開 Google 地圖。將東海的某個地點設定為起點，然後將墨西哥海岸的某個地點設定為目的地，並且計算行程的距離。總長為一萬一千五百公里。

「你看看，這等於是往返首爾和釜山十七趟的距離。」

綠鬣蜥默默凝視著螢幕。彷彿那上面有寫怎麼從這裡游到墨西哥去。看著牠的表情，我不禁有些心軟。

「一定要去墨西哥嗎？夏威夷或是峇里島之類的地方也很好啊！」

我以為綠鬣蜥只是想要去一個溫暖的度假勝地度過餘生。然而，綠鬣蜥卻用堅定的眼神看著我搖頭。

「不是墨西哥就沒有意義了。」

「為什麼？那裡有什麼嗎？」

「有啊，那裡有綠鬣蜥的天堂。」

「你說那裡有什麼？」

雖然我應該沒有聽錯，但還是又問了一次。綠鬣蜥爽快地為我說明。

「那裡有綠鬣蜥的天堂。聽說那裡四季都有新鮮的草，而且鹹水和淡水的水資源都很豐富，不管是誰都不用擔心沒有東西吃。另外，那裡的綠鬣蜥還能在白天曬上一整天的太陽，或是把肚子貼在被太陽曬熱的石頭路上散步。到了晚上，可以隨便躲進任何一個石頭縫隙中，聽著海浪聲入睡。」

牠用憧憬的語氣說著說著，最後又補了一句：

「就算只有一天，如果能在那裡生活，我也死而無憾了。」

「這些你是從哪裡聽說來的？」

「從媽媽那裡聽說的。我孵化之後由媽媽照顧，和牠一起生活了幾個月。人話也是那個時候學會的。總之，媽媽雖然很仔細地描寫了墨西哥美麗的風景，卻從來沒跟我說過以後一定要去那裡看看。牠應該是覺得不可能吧。我後來才知道，我出生的地方是專門販售爬蟲類的寵物店。媽媽也是在那裡出生長大的，牠大概也從來沒去過墨西哥。」

綠鬣蜥將牠的前腳放在我的手上。

「如果沒有您，我也絕對不可能去那個地方。真的很感謝。」

我什麼都還沒替牠做……我看著綠鬣蜥露出為難的笑容。游泳當然能教，那可是我吃飯的工具。但等綠鬣蜥學會游泳後就把牠往大海送真的沒問題嗎？牠一定會撲通一聲直接沉下去的。別說是墨西哥，牠大概游不出東海的前海就會死。我不忍將這些從腦中閃過的想法說出來，只是輕輕撫摸著綠鬣蜥的前腳。

雖然綠鬣蜥很想馬上開始練習，但絕對沒有泳池可以帶綠鬣蜥進去。苦思許久，我想到的方法是使用醃泡菜的大盆子。我到住家附近的雜貨店買了尺寸最大的盆子回來。在充斥橡膠味的大紅盆子裡注滿水後，把綠鬣蜥抓到裡面去，大小適中，甚至可說是綽綽有餘。

既然都準備好了，乾脆就從當天開始特訓。首先我教牠在水裡不斷打水，讓牠開始鍛鍊腿部的力量。也幫助牠熟悉將尾巴當作槳來調整方向的辦法，還有疲憊的時候放鬆四肢，在水面上漂浮休息的辦法。我用雙手抓住綠鬣蜥的腿用力擺動，讓牠體驗打水的感覺。綠鬣蜥靜靜地漂浮在水面上，把身體交給我，任憑我擺動；然後我鬆開手，牠就按照所學的打水游泳。做得好，很棒。我站著俯視水盆，大聲下口令。「換氣！」「抬頭！」「做得很好！」

該做的不只有游泳訓練，連平常的飲食都要重新調整。除了青江菜、羽衣甘藍、菊苣等新鮮蔬菜之外，還搭配了適量添加維他命的綠鬣蜥專用顆粒飼料以及鈣粉。等牠吃得飽飽之後，就讓牠在房間裡快步繞個五十圈，既能增強基本體力，也能幫助消化。不管我餵綠鬣蜥吃什麼，要牠做什麼，牠都乖乖照做。就算牠筋疲力盡，暫時累倒在地，最後還是會拚命爬起來，完成指定的訓練次數。看牠如此值得嘉許的表現，我突然也湧現一股毫無根據的希望。說不定運氣會很好，老天幫忙，大地也相助，不對不對，這個時候比起天和地，應該是大海要支持才對。總之，如果順利……牠或許真能抵達墨西哥。雖然我也知道這簡直是天方夜譚，但我偶爾還是會想像那個光景：疲憊不堪又消瘦許多的綠鬣蜥踏上墨西哥某處海邊的第一步。

我們兩個不知道從什麼時候開始同床共眠。我那時才知道，長得粗糙又笨重的綠鬣蜥竟然喜歡軟綿綿的觸感，跟牠的形象真的很不搭。睡前綠鬣蜥會趴在我的枕頭邊跟我聊個不停，直到我完全睡死。

某天晚上我們聊到在鎬，我提到在鎬一分手就把超細纖維的薄毯給帶走的事情，綠鬣蜥聽了在黑暗中露出微笑。雖然我就是把這件事拿來說笑的，但我沒預料到牠真的會笑，因此噘了噘嘴。

「他的前前女友也那麼做。離開的時候把所有東西都帶走，只把我留下來。」

我不知為何突然接不上話，只是把玩著綠鬣蜥鈍鈍的尾巴。綠鬣蜥又笑著補了一句。

「人類真的學得很快，那是人類的優點。」

綠鬣蜥用尾巴搓揉我的手腕，輕輕閉上眼睛。

我噗嗤笑了一聲。搞什麼啊，綠鬣蜥也滿懂得交際的嘛！一轉眼只見牠呼吸均勻，似乎已經睡著。我輕撫綠鬣蜥的眉間，仔細端詳，現在覺得牠這副恣意生長的模樣還挺可愛的。如果就這樣繼續一起生活呢？太陽在這裡不也可以曬嗎？即使不比墨西哥，但韓國夏天的日頭也是很烈的。我想像如同牽小狗那樣給綠鬣蜥圍上項圈，帶牠在炙熱烈陽下散步的模樣，開心地笑了出來。這些日子我睡得比以往都還要沉，醒來時也比以往還要舒爽許多。

有珍只是以責備的目光盯著我看，什麼話都沒有說。不過她的眼神已經向我傳達了許多言語：「本來以為只是個有點奇怪的人，沒想到竟然神經成這樣。」大概就是這類的話吧！也對，如果換位思考，她這種反應充分可以理解。假設她跟我說她在教家裡會講話的貴賓狗游泳，我也會覺得她發瘋了。

「我不是為了聽妳開玩笑才約妳見面的。」

有珍用吸管攪動面前的咖啡杯，斬釘截鐵道。「我也不是在開玩笑。」我本來是想這樣反駁回去，但感受到了不尋常的氛圍，只好把嘴巴閉上。我們坐在游泳池一樓的咖啡廳裡。有珍在下班的時候說有重要的事情跟我說，便帶我到這裡，不過氣氛實在有些詭異。稍過片刻，有珍吸了一大口咖啡後，看著我說：

「我辭職了，只做到下周。」

我有預感大概會是這類話題，果然沒錯。其實這沒什麼好震驚的，有珍的態度從幾天前開始就非常奇怪。她每天大概都會遲到個五分鐘、十分鐘，在課堂上也不怎麼花心思帶學生，只是吩咐學生用自由式和仰式直線往返泳道。老實說，比起課程，我也是更把心思放在下班回家和綠鬣蜥互動，即使如此，還是能明顯察覺到有珍在課堂上態度隨便，看來最終她還是辭職了。

「妳辭職後要做什麼？」

我這麼問並非真心好奇，只是作為老同事談到辭職的話題時必然會聊到這些，所以才丟出這句話，但有珍的眼中卻綻放出光采。

「我取得皮拉提斯的教學證照了，打算開一間皮拉提斯教室。」

「什麼？真的？」

「嗯，我取得教學證照已經有些時間，而且也在附近找到了適合的地方。」

其實別說是證照了，我連有珍在學皮拉提斯都不知道。沒想到她突然說要開皮拉提斯教室。

「游泳，說實在我覺得沒有未來。每次都要吹頭髮，帶著濕衣服到處跑，穿著泳衣和別人碰來碰去，誰會喜歡？就算是運動，我也想要俐落又漂亮一點。」

有珍一邊喝咖啡一邊跟我說明，我張大了嘴，只是聽著。是因為「證照」這個詞彙給我一種新鮮又有權威的感覺嗎？我突然覺得有珍這番話聽起來很有道理。仔細一想，這個游泳池跟幾年前我就職時相比，學生明顯少了很多，而且這附近繁榮的地區幾乎每隔一個街區就開了一間皮拉提斯教室或是瑜伽教室。在我看來，若要從游泳和皮拉提斯中二選一，應該也是選皮拉提斯。我在腦中想像有珍穿著緊身的成套服飾，站在瑜珈墊上如同展翅一般優雅張開雙臂的模樣。雖然不想承認，但那畫面看起來確實很棒。

「妳和我畢竟都是讀休閒運動管理的，我們可不是為了在這種小地方的游泳池荒廢一輩子才讀大學的。應該要自己尋找活路，妳也好好想一想。現在還不晚。」

有珍認真地說。雖然這是很老套的建議，但我還是點了點頭。我真心認為她說的沒有錯，不過另一方面又好奇她是從哪裡弄來的錢，不僅能考取證照，甚至還能自己開教室。要嘛就是家境富裕，要嘛就是勉強去貸款。然而，一想到這裡，我有種吃了滿嘴泥巴的感覺。就連在這種時刻，我竟然還呆坐著想些有的沒的。我抬不起頭來，只是用力咀嚼無辜的吸管，突然對於自己剛剛提起綠鬣蜥的事情感到羞愧不已。

我回到家像平常那樣指導綠鬣蜥游泳，餵牠吃蔬菜，但心情還是沒有好轉。過得越久，積在心裡的重物反而越發沉甸。我不斷地咬著自己的下脣。

其實，我覺得就這樣過日子也沒關係。收入雖然不多，也還過得去，而且我本來就很喜歡游泳也很擅長，如果可以一直這樣過下去，沒什麼不好的。雖然沒想過把這個工作當成終生職業，但也從來沒有興起尋找其他工作的念頭。只不過一旦體會到這種狀況對某人而言，變成了終於擺脫的過去時，我就像是察覺到自以為安全的腳底下，其實是萬丈深淵那般，突然變得很害怕又茫然。我活得這麼沒有危機意識好嗎？我彷彿溫水煮青蛙，不曉得自己正被烹煮，還自以為天下太平。未來是否會在某一天，才突然驚覺自己的人生完蛋，再無改變的可能？

但就算真是這樣，我也沒辦法立刻做些什麼。不管我心情如何，時間終是不斷地流逝。游泳池請了一個新的游泳講師來填補有珍的空缺。第一天見面時，發現他還是一個氣質青澀的大學生。他說自己是在休學期間來打短期工的。那天下班時我傳訊息給有珍，跟她說這件事情，後來過了三四個小時才收到回覆。她只回了我一個一臉無語聳著肩的兔子貼圖。

唯一能忘記憂鬱和不安的時刻，就是和綠鬣蜥待在一起的時候。我擬定了詳細的計畫，每天都一點一點地增加訓練的強度。歸功於完善的計畫，綠鬣蜥的游泳實力越來越好。我漸進性地降低水溫，幫助牠適應，現在就連在攝氏十度左右的冷水裡，牠也可以游上好幾個小時，而且已經學會在水面上漂浮著睡覺的方法了。

我們趁著清晨沒有人的時候去過幾次漢江。我再三囑咐綠鬣蜥覺得自己游不過去時就要馬上回來，並且心裡也做好準備，一旦出事就跳下去把牠撈出來。不過，綠鬣蜥每次都比我想得還更輕易地橫越了漢江。我朝游到對岸後往這邊看的綠鬣蜥揮揮手，那麼綠鬣蜥就會立刻跳入水中，再次游回來。綠鬣蜥將頭探出水面，黑色的江水從牠頭部的兩側緩緩分開。我雙手抱胸看著這個景象。我心裡明白，綠鬣蜥很快就會離開了。剛好天氣也逐漸轉熱。挑選水溫較高的夏天啟程，自然是最適合的。如果錯過這個季節，就必須再等上一年。

這陣子綠鬣蜥經常問我牠游得如何。雖然以綠鬣蜥來說，牠是游得很好，但還是有些不夠。如果我這樣應付，牠就會纏著我，執著地繼續追問自己哪方面的能力還不夠，必須再學些什麼。因此，我又追加了許多莫名其妙的訓練。要不要在身上綁著秤錘游游看？試著在水裡閉氣看看呢？也該嘗試躲避障礙物的模擬訓練吧？說不定會被鯊魚追殺啊！每當我提出這些要求時，綠鬣蜥都乖乖地按照指示行動，不過我自己也明白這些提議都很無理。

晚上我總會看著入睡的綠鬣蜥陷入沉思。我是希望綠鬣蜥離開，還是不希望牠離開呢？我反覆咀嚼這個問題，不知不覺把問題的主角換成了自己。我想怎麼做呢？我想繼續工作，還是想要辭職？繼續做的話應該怎麼做，真要辭職的話又該怎麼做？我既無法向內深入挖掘，也無法朝外拓寬，這些思緒就這樣堆積起來，凝結成塊。我如同抱著蛋一樣抱住這些念頭緩緩入睡。心裡雖然備感煎熬，但光是思考並沒有辦法改變任何東西。

最終，某天當綠鬣蜥用堅毅的表情告訴我該是啟程的時候了，我完全無法反駁。

我們在中午之前抵達鏡浦臺。

如同天氣預報預測的那般，天氣相當和煦晴朗。天空中萬里無雲，被陽光烤熱的空氣散發出大海的鹹味。這個時間來海邊玩水還有點早，但正值周末，所以海邊相當擁擠。身著輕便的衣服在海邊散步的人看起來都很愉快。我雙手抱著裝有綠鬣蜥的外出寵物籠在海邊打轉，尋找沒有人的地方。適合坐下來的地方全部都被花花綠綠的地墊給占據了。我是不是選錯地方，不該來鏡浦臺？我只是選了一個搭火車容易抵達的東海海邊，卻沒想到我方便過來，其他人自然也是方便過來。最後當我在海邊盡頭一個安靜的角落放下寵物籠時，已經滿身大汗。

我一打開門，綠鬣蜥就迅速地跑了出來。然後四隻腳穩穩站立在熱呼呼的沙灘上，望著開展眼前的大海。

過了好一陣子，綠鬣蜥低聲說道：

「哇，比想像中的更帥氣。」

我以為綠鬣蜥第一次看見大海，會興奮得大驚小怪，但牠的聲音卻意外地沉著冷靜。

「實際看到後怎麼樣？很可怕吧？」

我希望牠回答我很可怕，但完全不可能。綠鬣蜥漫不經心地搖了搖頭，專心望向大海。牠看起來正沉浸於大海驚人的美麗之中，彷彿忘了自己等等就要跳進去展開一場生死搏鬥。我蹲坐在綠鬣蜥旁邊，跟牠一起欣賞不斷湧上來又退下去的海浪，以及在浪花下沾濕後不時變色的沙灘。平常我或許也會覺得這樣的景緻很美，但現在我不得不去想，綠鬣蜥游不了多遠，就會咕嚕嚕沉到海底。

現在要不要再勸勸牠？

其實從幾天前開始我就一直在想這件事。該怎麼做綠鬣蜥才不會離開？流淚糾纏一定沒有用，難道要不管三七二十一跟著跳入大海，說要和牠一起走嗎？我甚至還想過，如果這些都不管用，乾脆就把牠關在家裡。不過，就算內心善良又柔軟的綠鬣蜥真的決定不走，牠的人生又剩下什麼呢？一想到這裡，便感覺喉嚨和胸口同時被堵住而沉重不已。我只好在一旁做些不相干的事，雙手捧滿沙子，拿起又放下。雖然很想像小孩子那樣鬧脾氣，但又不想輕率地亂說話來破壞這個離別時刻。

「謝謝。」

綠鬣蜥輕輕地說。那聲音聽起來就像牠都明白我在想些什麼。我張開了嘴想要回應，卻半句話都說不出口。感覺不管說什麼都會後悔。

過了一陣子，綠鬣蜥慢慢開始爬向大海。牠的步伐相當平穩，彷彿只是出門散個步。即使抵達海浪湧上岸的地方，牠依然沒有絲毫猶豫，直接將前腳踏入波浪中，下一個瞬間便投身跳入大海裡。我還在想牠會不會被湧過來的海浪卷走，就看到牠很快地穩住了重心，根據我教的那樣開始游泳。牠的前後腳輪流打水，頭挺得又高又直，凝視著前方。

直到綠鬣蜥變成一個小黑點，完全消失在水平線的另一頭，我才轉身離開。

我走向火車站。買好回程的票後，坐在了空椅上。我摸了摸放在旁邊的空寵物籠，呆望著半空中的某個點許久。後來我突然想到一件事情：「名字，話說我都沒有幫綠鬣蜥取名字。」明明一起生活了那麼久，而且我也真心希望牠能平安，竟然連一個名字都沒有替牠取，就這麼目送牠前往永遠無法再相見的地方。

後悔湧現的同時，我腦中也驟然浮現了一個畫面：那是發生在很久之前，事實上沒有那麼久，但是現在卻覺得猶如發生在前世一樣——在感覺非常遙遠的某個午後，我第一次詢問綠鬣蜥的名字時，那個完全背對著我的後背。奇怪的是，在過往人生裡曾經背對我的那些人，他們的模樣彷彿都各藏了一點在那個後背中。我終究還是用衣袖擦拭眼角的淚水，直到火車抵達之前，都蜷縮著身體坐在那裡。

梅雨季過後秋老虎肆虐，但不知不覺中又消退下去，秋天正式來訪。

游泳池新找的大學生一到了九月，就以復學為由，毫無預警地辭職了。託他的福，在找到新人之前，我都必須一個人填補空缺，每次回家前都已經累到精疲力盡了。即使如此，我依然沒有忘記送花盆到有珍的皮拉提斯教室，慶賀她開業。有珍一收到花盆就興奮地打電話來跟我道謝，還順口問道我是不是還在游泳池工作。我既沒有肯定也沒有否定，模模糊糊地扯東扯西後才掛斷電話。

到了晚上就在床上縮成一團，等待睡意來臨。身體明明非常疲憊，翻來覆去了好一陣子卻還是無法入睡。這種時候，我都會覺得頭裡面裝的不是大腦，而是一個緊緊纏在一起的巨大線團。我每次翻身就會發出「哼哼」的痛苦呻吟，眼睛閉了又張，天空已經自己亮了起來。

然後有一天，發生了一件事。

我像往常一樣下班回到家門口的時候，無意間發現信箱裡有某個東西露在外面。我覺得那鐵定是廣告傳單，正打算馬上拿去丟掉，但觸感不像廣告紙，摸起來有厚度，而且材質細緻。在細看之前，已經能知道那是什麼。那是……一張明信片。

我緊緊捏著明信片，不發一語地仔細端詳。手掌大的方形紙張，正面是一張照片。拍攝的是某個自然野地——低矮的雜草叢中有尖尖的石頭散落在各處，幾棵闊葉樹下開了一束束的深黃色花朵。然後還有綠鬣蜥，各個角落都有綠鬣蜥的蹤影。爬到石頭上的，貼在樹木上的，埋在草堆裡的，每一隻綠鬣蜥都用舒服的姿勢在曬太陽。一眼就能看出牠們無憂無慮，活得相當悠哉，而且非常健康。

我翻到明信片的背面。邊緣用花朵和樹葉裝飾得很漂亮。雖然其中一邊畫有幾條橫線，讓人在上面寫字，但那裡卻是空白的，什麼內容都沒有。不過可以看見旁邊的空白處上蓋了一個模糊的印子。我就著光線照了照，才知道那是綠鬣蜥的腳印。

原來牠順利抵達了。

我為此高興地仰起頭來，那時在房子玄關外面，神奇地飄下雪花。整個天空都白茫茫的，下的是又粗又大的鵝毛雪。我手裡拿著明信片，目瞪口呆地望著外頭。剛剛從那邊走過來的時候，明明什麼都沒有，不知道是從哪時候開始落下紛飛大雪。

我推開玄關的大門，站在雪中。雪花不停飛舞，黏在我發熱的臉頰和耳垂上。從某處傳來孩子們興奮大叫的聲音。我抬頭仰望天空許久，然後沿著剛剛走來的路折返回去，像原本就計劃好的那樣，開始走向游泳池。

解說

高糖效應（Sugar High）

蘇柔玎
（文學評論家）

1．某天，突然

在這篇文章的開始，我想要先問候讀完本書每一篇小說，最終抵達這個地方的所有人。比你先抵達這裡的我，會帶著微笑向你伸出手，並問：「還好嗎？嚇到了吧？」之所以這麼問，是因為李有梨的小說中充滿了讓人產生問號和驚嘆號的奇異事件。像是男朋友的右手變成青花菜（〈Punch！青花菜的重擊〉）或是人可以和石頭對話（〈起司月亮與義式脆餅〉）的故事，不就是在《世界有奇事》那種節目上會看到的內容嗎？

何止如此，用爸爸的骨灰種植的花盆傳出爸爸的聲音（〈紅色果實〉）、五年前去世的前男友出現在家裡（〈手指甲影子〉），這種內容很可能會出現在講深夜怪談的談話性節目上。李有梨的小說都是像這樣很難相信，而且還是「某天突然」發生的事件。然而，如果你問我會不會覺得這種故事虛無飄渺，我得說完全不是那麼一回事。在李有梨的小說中，幻想十分貼近於現實，甚至讓人難以區分幻想和現實的界線。人物的態度在這方面也發揮了作用。在傳統的奇幻小說中，幻想的有效要素往往是讀者或是作品中人物的猶豫。發生難以相信的超自然事件、進入有些陌生的未知世界，在這扇大門之前，過去的人物總是感到恐懼與矛盾。然而，李有梨小說裡的人物卻只是在驚嚇後經歷一段「Loading」的時間，短暫愣住罷了，並沒有絲毫猶豫。突然聽見已死父親的聲音時，也只是碎念了一下：「搞什麼，這不是跟人還活著時一樣嗎？」；看到男朋友的右手變成有模有樣的青花菜時，也只不過是發出讚嘆：「哇！超酷的。」作者還在這些場景中插入鬆鬆軟軟或是撲通撲通之類的擬態詞和狀聲詞，運用得十分恰當，讓讀到這些幻想的人很想繼續品嘗箇中滋味。小說中的主角雖然毫無預警且束手無策地被卷入「某天突然」發生的事件，卻沒辦法輕易地掉頭離開。這是因為李有梨所描繪的幻想，已經化成另一種現實世界，而我們都深深為之著迷。因此，如果還有人在煩惱，就放下猶豫，試著站在通往那個世界的大門前吧！因為你將會感受到手中拿著的既是一本書，也是一隻圓形棒棒糖。把讓人垂涎的圓球放入嘴中品嘗的心情，我們從現在開始再次仔細回味吧！

2・鬆鬆軟軟、辛辣又香甜的幻想滋味

在李有梨的小說中，幻想與現實是混雜在一起的，因此其中故事的滋味，自然也不會單調。第一次呈現那滋味的作品就是李有梨初登文壇的作品，亦即本小說集收錄的第一篇故事〈紅色果實〉。在小說的結尾處描寫到，與愛情結晶無異的果實被剖開後露出「鮮紅色的果肉」，而且「香甜多汁」、「口感軟嫩」。光是想像在這個場景中，嘴裡滿滿的紅色滋味，以及咀嚼並吞食果肉的動作，就讓人口水直流。雖然從紅色的果實聯

想到愛情並非什麼難事，但讓看起來簡單的寓言成立的過程，並沒有那麼單純。小說開頭從父親的死亡談起。關係不差的親生父親死亡時，淚水很自然就會奪眶而出，但〈紅色果實〉的主角有珍卻過分冷漠。「我就像是一個抱著便當提袋，彷彿要去哪裡郊遊的人。」有珍用這副模樣抱著骨灰罈從火葬場回家。有珍之所以沒有將骨灰罈供奉在靈骨塔，是因為她那個平常愛說荒唐話的爸爸，死前曾經提出荒誕無稽的要求——「等他火葬後，要把他的骨灰拿去種花」。有珍許久都沒想到這件事，後來過了好幾個月才想起來，於是就去買了「一棵乾癟的樹」和種植花盆用的土壤回來，將樹移植到骨灰罈裡。之後的某一天，當有珍「坐在客廳摺衣服時，突然聽到爸爸的聲音從陽台傳過來」，那個聲音說「水」。有珍雖然嚇了一跳，但還是馬上去裝水來，涼爽地澆灌在花盆裡。有珍就這樣（再次）過著栽培、照顧爸爸的生活。

種在骨灰罈裡的樹木竟然是重新歸來的爸爸，而且還會講話。提到會講話的樹，我們已經認識漫威電影中的格魯特寶寶，所以並不陌生，而這樣的設定在李有梨的世界中同樣也不是什麼奇怪的事情。不過，爸爸說的話，也就是樹木的語言，有珍之所以可以立刻聽懂，其實能聯想到她的職業——「譯者」，這是個值得注意的細節。關於這部分，在有珍談到她翻譯的小說《蘋果》的時候，也能很自然地聯想到。一個一輩子都認為自己是蘋果的法國女人，看到榨果汁的場景時，大受打擊而一病不起，最後死在醫院的病床上。在女人臨終之前，疑似對醫生說了些什麼留下遺言，但醫生卻完全聽不懂內容，只是猜想「那大概就是蘋果的語言」。對此，有珍「覺得實在太不像話，不自覺地笑了出來」。這是因為現在「爸爸即使變成了樹，依然很會講話，像是『開個窗戶吧』、『去幫我買可樂』。」在這部分，有珍連一點懷疑都沒有。就像她說的，爸爸怎麼那麼會說話，可以命令她做這做那的？甚至是在她翻譯的「小說」中，女人的台詞都「被隨意處理成一串字母」，那和植物的語言又有什麼不同，為什麼有珍可以準確地「聽懂語意」？因為有珍翻譯爸爸說的話時，採用的不是語言的技巧而是「愛」。回想前面的內容，有珍之所以毫無怨言地聽從爸爸那些莫名其妙的要求，或許是因為爸爸總當作「王牌」來使用的那段回憶——雖然猶如昨日之事般鮮明存在於爸爸的記憶中，「我（有珍）」卻不記得的那段回憶。「那就是爸爸救了我的畫面。」某天有珍和爸爸一起去游泳池，卻在走去成人池的途中意外掉進池裡，被爸爸救了起來。就算有珍記不起那天發生的事，就算那件事只是一個謊言，至少爸爸每次說得繪聲繪影的橋段——爸爸救下為了活命而緊勒他脖子的女兒——無疑是出於愛才會採取的舉動。因此，面對爸爸的怪異舉止，有珍才不得不乖乖接受。由於兩人之間有如此緊密相連的愛，所以才可能輕易跨過死亡和語言的鴻溝，做到「超越翻譯」的境界。

故事並沒有在這裡結束。小說中似乎想更進一步闡述，所以還安排了有珍及爸爸與P跟P的媽媽（樹木）命運般的相見，體裁正式轉換成戀愛小說，開始描述他們的愛情緩緩產生變化的過程。爸爸待在P媽媽的身旁，有珍則是與P待在一起消磨時間、互訴情意。他們變得很瞭解彼此，熟悉到不用開口也能相通。作者藉由「完全朝向對方生長，幾乎就像是同一棵樹」的爸爸和P媽媽，以及相似於各自的父母，外貌上沒有太大差異的有珍和P，將這種完美的翻譯呈現出來。有珍和P在最後分食了爸爸和P媽媽在樹上結出的紅色果實，後來有珍便做了一個胎夢，譜出一段完美的愛情故事。

兩兩成對的愛情樣貌在作為本書書名的〈Punch！青花菜的重擊〉中亦可以看見。就是安必順奶奶和朴光錫爺爺，以及「我」和元俊。〈Punch！青花菜重擊〉由兩起事件拉開序幕，第一個是身為照顧服務員的「我」在照顧安必順奶奶，而安必順奶奶家裡的寵物鸚鵡末子死了；第二個是「我」的男朋友元俊的右手變成了青花菜。拳擊選手元俊的右手怎麼會變成青花菜呢？看過元俊的青花菜的人，說的話都差不多：「應該是想太多才會那樣的吧！」「看來那個孩子心裡非常辛苦。」對元俊來說，想得太多還有心裡辛苦都跟拳擊有關，準確來說，是指他努力想討厭在拳擊場上遇到的對手時，內心所處的狀態。擁有同樣的職業，過著與自己相似的人生，這樣的對手比起討厭，喜歡的心情更為強烈，導致元俊必須努力勉強自己才能討厭對方。如此勉強地打出刺拳、勾拳，最後害自己的手變成鮮綠的青花菜。不過，有人瞭解元俊的內心其實很柔軟，他會瘀青，像是輕輕擦到就會爛掉的白桃，所以原本如傷痕般囤積在元俊心中的青綠水流，才慢慢地開始循環流通。撫摸變成青花菜的手，希望他能變幸福的那份心意；以及舉辦完末子的葬禮後，擦拭彼此指甲縫中的泥土所展現出來的那份溫暖；還有在根本沒有回音的山中唱歌並一起分享食物的人們；這些都是在元俊的心中開出水道的存在。他們合力鼓吹元俊唱歌之後發生的事情相當有趣，如同〈紅色果實〉的爸爸和P媽媽開花結果那般，元俊的青花菜也爆出「小火花」，綻放出數不清的美麗花朵。元俊的青花菜雖然是憎惡之心產出的幻想，但讓它開花的卻是身邊包含「我」在內的人們那份真誠的愛。雖然從幻想延伸出新的幻想是很樸素的變化，但在那之下製造出幻想的內心，的確是與以往不同的真實。那份心意可以幫助元俊做出更好的選擇。

無法忘懷也無法擺脫的心情所產出的幻想，在李有梨的小說中再次召喚死者歸來。〈手指甲影子〉的故事從五年前已死的前男友勇俊，化作幽靈再次回到敘事者秀貞身邊開始。當主角感到混亂不已，不明白死去的勇俊怎麼會化作幽靈出現，而為什麼又偏偏挑在她已經和碩基結婚之後才出現時，勇俊說自己是附身在「手指甲」上面。竟然是指甲。這話的意思是，勇俊有咬指甲的習慣，「他會『呸』一聲隨地亂吐指甲碎片，或是把碎片到處亂彈。」，而這樣的勇俊附身到掉落在秀貞房間某個角落的陳年指甲碎片上，現身在秀貞面前。死後一直以影子的型態存在於某個空間中的勇俊，在某個時刻想起了秀貞，因而很想念她，並在長久思考之後，浮現了手指甲這個念頭，於是就「呼」一聲附身上去並出現在這裡。秀貞的老公碩基非常認真地思考勇俊的話究竟是不是真的。然而，考慮到眼前的幽靈之所以會現身，是出於「想念」的情緒時，辨別他說的話是真是假就失去了意義。這是因為「幽靈並不是靈魂」，而是屬於「情感的領域」。換句話說，「幽靈是『情緒記憶的殘渣』，就像柳橙的果皮那樣，是從活人的精神上掉落下來的一種碎片。」[10] 從活著的秀貞身上，從尚未完全消失的勇俊身上脫落的情緒。就是那情緒讓勇俊化作幽靈回來。當然，他們兩個人的情緒不完全一致。如同前述所說，勇俊心裡期盼跟秀貞見面，但秀貞並不是這樣。雖然秀貞也有一段時間很想念勇俊，但隨著時間流逝，那些猶如碎片般的情緒已經消失，就連比較大的碎片都早已經變鈍了。

10 此段文字為書評家引自羅傑・克拉克（Roger Clarke）的《鬼魂的自然史》（*A Natural History of Ghosts*）韓文譯本，本書尚無中文版。

此刻尚且存留在秀貞心裡的大碎片是內疚。因為她沒有和勇俊一起去參加故鄉朋友的婚禮，也忘記替不擅長用電子產品的勇俊訂購高鐵車票，所以才讓勇俊搭上了客運。「搭上那班在雨天打滑翻覆的客運，那班全員身亡的客運。」因此，秀貞長久以來都在想「勇俊會不會埋怨我？」「換作是我會怎麼想？」如果她沒有見到勇俊，說不定永遠都無法放下這樣的念頭。所以為了送走幽靈，也要將掉落下來的情緒一起送得遠遠的。秀貞與勇俊一同吃飯，與勇俊一起前往他死亡的地點，在過程中平靜地訴說之前他們是多麼又是如何辛苦，並做好送走對方的準備。心中不再埋怨，如今真的可以忘記了。他們確認剩下的只有「陳年發黃變色的指甲碎屑」後便啟程回家。在路上，雖然有某個東西從秀貞的身上跑了出去——「有某個黑色影子之類的東西，拉得很長很長，然後在某個瞬間『啪』地斷掉了」，她卻沒有再回頭看。真的送走勇俊後返回的這段路程，並不只是在哀悼逝者而已，實際上也是在哀悼自己逝去的愛情，秀貞很清楚這一點。

3．Produce Only One

愛的情緒、憎惡的情緒、想念的情緒、抱歉的情緒，利他的愛心比前述探討過的這些感情還要了不起。接下來要分析的小說，正充滿了這種難以言喻的紅色滋味。有一個人發生意外後漂流到某個地方，卻還是緊緊抱著要送給心愛歌手的名牌行李箱——其實是裝在裡面要送出去的大麻。她甚至看著在遠處閃爍的紅色燈光，心想「因為紅色是睦亨奎的顏色」而得到安慰。這就是恩卓的故事〈漂流〉。這篇小說用一句話來說，不就是「Produce Only One」嗎？不是讓大眾成為製作人，從一〇一人當中挑選人才，而是將所有資源都投入在單一個人身上[11]。對恩卓而言One & Only，唯有睦亨奎一人。因為從恩卓在六年前初次遇到亨奎的那一天，也就是從當時還什麼都不是的亨奎占據弘大

11 韓國有一個實境選秀節目《Produce101》，是從一百〇一位練習生當中，經由一連串的任務後，選出十一名勝利者組成偶像團體出道。

街頭一角、熱情跳舞的那一天起，直到亨奎在海外舉辦個人演唱會的這一刻，恩卓對亨奎的愛都非常的炙熱。這份愛光憑內心的大小是無法測量的。不僅是心意，恩卓還賣掉汽車、賣掉房子，在物質上毫不保留地給予支援。另外，她還動員自己的人脈，讓亨奎的歌放入電視節目中當作背景音樂，並且構思具吸引力的故事，使大眾不得不喜歡上亨奎，最終將亨奎打造成如今這樣的人氣明星。恩卓稱自己是「墜入愛河的人」，不過如果你以為那種愛情是類似戀愛一類的情感，就徹徹底底誤會了。恩卓對亨奎的心意，更接近於對待野生動物——「如果用個比喻來說明，他應該比較像是美麗的野生動物。」然而，恩卓的愛看起來雖然唯有單單朝向亨奎一個人，實際上在「Only one」的概念中還藏著另一個人，那個人與亨奎是同等的存在。那個人不是別人，正是恩卓自己。

認識亨奎之後，不只是亨奎，我甚至真心愛上我自己。跟惹人疼愛的亨奎一樣，擁有同一個可愛姓氏的可愛的我，能讓發光的亨奎變得更亮眼的、很有用處的我。睦恩卓唯有在和睦亨奎配成一對的時候才是有價值的存在。只要聽到亨奎的歌，我的指尖和腳尖都會麻麻酥酥的；只要亨奎展露笑容，周遭的世界都會轟隆隆地跟著瓦解。同時，那麼耀眼又可愛的存在，既是亨奎，又像是我自己。如果我將自己完全解體，然後再細心擦拭每一個碎片並重新打造成人，做出來的成品就會是亨奎。當我為亨奎做些什麼的時候，才真正感覺到自己活著，這也是我誕生到世上，與亨奎一起存在於這地球的理由。也就是替目前還是幼苗的亨奎澆灌營養充足的水分，讓他照射豐沛的陽光。我只有跟亨奎待在一起的時候，才是我自己。如同太陽越明亮，折射陽光的月亮就越明亮那般，亨奎發展得很好，就代表我也發展得很好。所以，我怎麼有辦法不愛亨奎呢？

恩卓雖然過得很富裕，卻對未來的人生沒什麼期待，而且還非常討厭睦恩卓這個名字。就連這樣的心情，也全都因為亨奎而改變了。「不只是亨奎，我甚至真心愛上我自己。」恩卓透過亨奎看見自己。「亨奎發展得很好，就代表我也發展得很好。」「如果我將自己完全解體，然後再細心擦拭每一個碎片並重新打造成人，做出來的成品就會是亨奎。」就像這樣，恩卓的愛經由亨奎回到自己身上。因此，即使已經晚了，還是要把狀況導正，讓亨奎能「看著最重要的那一個前進就行。」這既是為了守護亨奎，也是為了守護自己。雖然恩卓從很久之前就知道亨奎倚賴大麻，但她「並沒有積極地幫助亨奎戒掉大麻」，因為「在這個世界上，只有我（恩卓）和亨奎兩個人知道這個祕密」。恩卓長久以來都沉浸在這樣的甜蜜之中——「我或許是沉溺於想像之中，誤以為如果亨奎對大麻上癮，他的夢想就等於是掌握在我的手中」。如今，恩卓要在生死關頭做出抉擇。她是要緊抱著裝滿大麻瑪芬的行李箱等待救援，還是要打開行李箱讓瑪芬全都漂向大海，然後任憑自己溺死。答案已經出來了：「最重要的那一個」唯有睦亨奎。即使可能會滅頂，恩卓為了不繼續漂流，還是伸手拉開原本緊抓不放的行李箱的拉鍊。

在後面的段落，恩卓短暫失去意識後，遇見了外星生命體，發生了怪事。「利他精神戰勝生存本能的瞬間」以此為主題進行相關研究的一群生物，說牠們在恩卓死亡的瞬間發現了牠們尋找的東西，只要恩卓讓牠們掃描她的人生，牠們就會替她實現一個願望。小說中雖然沒有直接表明恩卓許了什麼樣的願望，但由最後一個場景來推斷的話，可以得知她大概是回到了六年前初次與亨奎相遇的那一天。她是要在忘卻所有記憶後，與還很單純的亨奎重新相遇嗎？還是想度過不認識亨奎的生活？雖然不知道她的願望會帶來哪一種結果，但我仍然希望她能像上輩子認識亨奎之後那樣，遇見「值得長久回憶的事」。因為往後她要打造（Produce）的人，單單唯有（Only One）她自己而已。

4・苦澀又黏稠的現實滋味

〈漂流〉是從幻想（睦亨奎）中醒來後，藉由另一個幻想（時光倒流）回到現實的小說。從這個角度來看，〈漂流〉可以說是介於前述分析過的作品——〈紅色果實〉、〈Punch！青花菜的重擊〉、〈手指甲影子〉——和後面要討論的作品之間的小說。前面分析過的三篇小說裡出現的幻想情節，都是直接發生在「我」這個敘事者周遭的人身上。

不過在〈漂流〉的最後，恩卓選擇重新回到過去，促使幻想的領域轉換到「我」身上。因此，在〈起司月亮與義式脆餅〉、〈綠鬣蜥與我〉和〈平坦的世界〉中，與超自然現象直接相關的對象變成了「我」。不過，幻想的甜美滋味在對象換成「我」之後，不知為何就變得苦澀，就像品嘗到埋藏於棒棒糖深處的黏稠焦糖一樣。雖然人造的紅色滋味甜到讓人想要繼續舔入口中，但更裡面的甜味卻莫名的苦澀。李有梨的小說亦是如此。小說中的人物脫去幻想的滋味後，身上帶有濃稠黏膩的味道，有些部分看了讓人覺得悲傷又淒涼。

先從〈起司月亮與義式脆餅〉這篇小說的「我」開始談起吧！從十七歲開始第一次與石頭對話到現在，都一直將名為「史考特」的石頭當作自己唯一的摯友，這個人物在別人看來，有許多面向都處於「正常」範圍之外。他認為自己特別的能力是「生活在現代社會的每個人，應該多少都罹患了不奇怪的精神疾病吧」，而他現在之所以坐在寫作治療中心裡，單純是為了他的媽媽。因為在社會上表現卓越、受人尊敬的媽媽，「唯一的缺點就是有一個會跟石頭講話的過胖老處男兒子」。於是他為了證明自己與石頭對話是非常正常的一件事，才會來到這裡。為了在媽媽面前洗清不正常兒子的嫌疑，這個「我」（前述的「他」）需要證明自己，不僅如此，尤其是在別人面前，在明顯聚集了一群外表正常但卻有某個地方故障的人們的治療中心裡，「我」更是要表現得很正常。在自我介紹的環節，「我」用許多謊言來包裝自己，但諷刺的是這反而促使他看起來更像個「相當不正常的傻子」，結果只是讓自己變得更痛苦。

庫克主動靠近了這樣的「我」。庫克非常喜歡動畫《酷狗寶貝》，連暱稱都是取自動畫中保衛起司月球的「機器人庫克」。當「我」表明自己「知道」《酷狗寶貝》時，庫克將「我」的意思曲解成「喜歡」《酷狗寶貝》，對「我」表露瘋狂的關切之意。「我」覺得那種關心讓他非常不舒服。因為在「我」的眼裡，庫克看起來就像個徹頭徹尾的瘋子。再加上，治療師說：「哇！你們兩位已經很熟了耶！」，這讓「我」的不悅指數繼續飆高。表面上呈現出來的是「我」的不愉快和不舒適，但內在潛藏的其實是強烈的「焦慮」。「我」害怕自己與任誰看來都像瘋子的庫克變成朋友，導致他在治療中心的指導者——被歸類為正常人的治療師——眼中，也變成一個「瘋子」。不過庫克連一點點都沒有察覺「我」的焦慮，到最後都沒有放棄跟「我」交好，連「我」獨自（其實是和史考特一起）規劃的旅程都參了一腳。在旅行地發生讓人氣得跳腳的意外，使庫克與「我」的關係產生了變化。因為「我」在拯救掉入水中的庫克時，弄丟了放在襯衫口袋中的史考特。急瘋的「我」一心想找回史考特，卻因為庫克說的話而停下腳步。「你說的話我都相信。真的很對不起。只要能找到你的朋友，我什麼事都願意做。」他認可史考特是「我」的朋友，最重要的是，他是第一個對「我」說「我全部都理解」的人。只不過當時微妙的氣氛，在他們幾經波折終於找到史考特，聽庫克訴說他的祕密時，又變成了混雜兩種情緒的感受（「我稍微能夠理解庫克，但同時又想大聲叫他不要再瘋言瘋語。」），最後略帶感傷地結束了旅行——「庫克對著車窗揮手說再見的模樣，實在是傻得可憐」。

當天晚上，「我」目擊了一個驚人的場景：庫克真的如他所說的那般——每到滿月都能去起司月球——「準確地，直直地，朝向月球」飛翔。在那瞬間，「我」身上同時又發生了另一件難以置信的事情，那就是他再也聽不見史考特的聲音。窗邊只剩下一片寂靜，「我」獨自一人愣愣地站在那裡。小說中最後的場景，讓人重新思索正常所具備的權力。「我」和石頭說自己這種狀況其實沒什麼，那個人才是真的發瘋。自己是真的，庫克說他能去月球卻是謊言，這種二分法的判斷方式只在「我」的心裡成立。這豈不是與他人看待「我」的視線沒有差別？然而，目擊庫克飛向月球的場景後，庫克的真實得以成立。在這樣的狀況下，「我」說的話淪為謊言，因而喪失跟石頭對話的能力。結局產生巨變，原本「我」任意評斷庫克，在與庫克的關係中暗自掌握優勢的權力，最後卻脫離了自己所設定的庫克的位置，也脫離了正常的軌道。

除了能跟石頭對話的男人，另一篇小說中還出現了教綠鬣蜥游泳的女人。〈綠鬣蜥與我〉的話者跟在鎬分手後，收留了在鎬的綠鬣蜥。其實那隻綠鬣蜥也不是在鎬的，是在鎬前女友的前男友在分手的時候，如同在傳炸彈一樣輾轉留下來的東西。敘事者猜到在鎬也會那麼做，不出所料，在鎬離開後唯一能證明他曾經住在家裡的東西，就是被留下來的綠鬣蜥。不管是跟在鎬一起住的時候，還是跟在鎬分手之後，綠鬣蜥都像「朽木」那樣動都沒有動。而這樣的綠鬣蜥卻在「我」和有珍喝完酒的那天晚上開口跟「我」說話。雖然有珍沒有惡意，但辛辣的言語還是擊中了內心，在那天「我」回到家後對綠鬣蜥抱怨了幾句話：「不管是你還是我，一樣都被拋棄了。」「我們是真的被那個垃圾拋棄了。」，並且衝動地伸手撫摸綠鬣蜥，後來事情就發生了。綠鬣蜥會說人話就已經夠嚇人了，竟然還拜託「我」教牠游泳。雖然「我」覺得這樣的請求很荒謬，但綠鬣蜥之所以會如此拜託，是因為牠所剩時日不多，原本又是出生在專門販售爬蟲類的寵物店內，所以才希望自己剩餘的時間可以在墨西哥的綠鬣蜥天堂中度過。「我」勉為其難地答應綠鬣蜥懇切的請求後，開始替綠鬣蜥進行特訓。在與綠鬣蜥變得越來越親近的同時，也離綠鬣蜥離開的日子越來越靠近。就在這時候，有珍表示她要離開游泳池，自己開設皮拉提斯教室，這又一次地給予「我」打擊。「游泳，說實在我覺得沒有未來。」「應該要自己尋找活路，妳也好好想一想。現在還不晚。」雖然「我」的心中是這麼想：「其實，我覺得就這樣過日子也沒關係。」，但是「一體會到這種狀況對某個人來說，變成了終於擺脫的過去時」，「我」就像是立足於深淵之上那般，覺得非常茫然。

「我」就像切實感受到唯獨自己遭到淘汰那樣，或者就像明白被淘汰的一天終將來臨那樣，自從見了有珍之後就變得非常焦慮。能夠安撫焦慮情緒的，唯有和綠鬣蜥一起相處的時光，所以真的逼近綠鬣蜥離開的日子時，「我」陷入了苦惱中。不過，最初的煩惱雖是因綠鬣蜥而起，後來卻「不知不覺把問題的主角換成了自己」，這是因為對「我」來說，綠鬣蜥與自己是同樣的存在。與在鎬分手時，那僵硬又浮腫的醜樣，還有未來的人生可能會落入的情境——「溫水煮青蛙，不曉得自己正被烹煮，還自以為天下太平」——都是如此。不過，「我」送綠鬣蜥到海邊時，卻看見綠鬣蜥游泳的模樣——「頭挺得又高又直，凝視著前方」，因此到最後什麼話都沒跟綠鬣蜥說。「綠鬣蜥的人生又剩下什麼呢？」尤其是想到這裡時更是如此。綠鬣蜥有綠鬣蜥的人生，而「我」也有雖然很簡樸，但就這樣過下去也無妨的人生。幾個月後，收到蓋有「綠鬣蜥腳印」的明信片時，「我」才對這番體悟有更切實的感受，於是「像原本就計劃好的那樣，開始走向游泳池」。本來毫無生氣的綠鬣蜥學會游泳後，順利抵達綠鬣蜥的天堂。得知這樣的結果後，「我」獲得動力，再次於自己的人生中濺起水花。不過，這篇小說之所以特別能為讀者帶來些許安慰，是因為作者刻意讓敘事者的名字留白。雖然綠鬣蜥沒有名字的事實，與在鎬「完全背對的後背」一起留在記憶中，但真正會被遺漏的，其實是篇名

〈綠鬣蜥與我〉中放在綠鬣蜥之後的「我」的名字。「我」跟綠鬣蜥一樣，從來沒被喚過名字。雖然這似乎有些寂寞，但或許是為了方便讀者在「我」的位置中帶入其他許多名字。我產生這樣的念頭後，試著一個個回憶想要呼喚的名字。

模糊但確實存在的東西，關於這類的故事在〈平坦的世界〉中繼續出現。此時提到的「模糊」有雙重意義，第一是沒什麼存在感，第二是身體藉由幻想在物理層次上達成半透明化。這種狀況在某個周末的午後發生在高美的身上。高美和繼母兩個人一起生活，某天她突然察覺自己的身體正逐漸變成半透明體，往後別人都看不到她，也聽不到她的聲音。不過，高美完全沒被嚇到，因為她認為「從某個角度來看，現在這種狀態其實與平常無異」。雖然她想跑到很遠的地方去，但面對「要去哪裡呢？」「之後要做什麼呢？」這類的問題，卻找不到相對應的答案。因此最後還是又回到家裡。那時高美撞見一個看起來像是繼母男朋友的陌生男人，只不過那個與爸爸有些相似的男人，在與繼母爭執了一番後，殘忍地對繼母動粗。「所以這種場景可以說是熟悉到讓人厭煩，但為什麼這種事情每次都會以同樣的形式帶來全新的折磨？」當高美正覺得情緒複雜的時候，繼母也像高美一樣開始慢慢變成半透明體。

變成同一種狀態的兩人，終於能看見彼此。「同時看向她的雙眼」，這對她們兩個人來說，意義稍微特別。繼母小時候因為意外失去其中一隻眼睛，至今一直都只靠一隻眼睛過生活。然而，為什麼到了現在，接近半透明化後，高美才能與繼母兩邊的眼睛對視呢？這意味著高美和繼母的半透明化，其實是將她們從過去壓抑的生活中釋放出來。一開始她們的生活應該離「平坦的世界」很遙遠吧！繼母不完全的雙眼，以及高美那可有可無的爸爸，已經促使她們別無選擇地踏入傾斜的世界。繼母成為家人之後，她們兩個人站在同樣的位置上。被爸爸打得鼻青臉腫、清掃被砸碎的東西、無法完美修復出問題的日常，她們必須在這樣的狀況下，繼續忍受逐漸傾斜得更厲害的世界。在那個世界中，只有她們兩個人的處境是一樣的。那時雖然不知道，不對，那時雖然她們極力否認，但像現在變成半透明體，再也無法有所隱藏之後，她們才能正視彼此之間的連結。後來繼母的手碰觸到高美身體的短暫瞬間，她們察覺到「我們合在一起又再次分開」，「往後不管是誰，不論是什麼東西，都沒辦法將我們從彼此身上分離出來」之後，才將後背貼在感覺很平坦的世界。「這是一個非常筆直又平坦的世界，能使人確實又穩固地待在那裡——即使有人推了一把，依然能聞風不動地待在原地。」如今她們不用再暴露於任何外部的刺激中，可以享受心裡渴望至極的安定。

還剩下最後一篇小說。〈蒼鷺俱樂部〉的風格和本小說集中收錄的其他小說稍微不一樣。在這篇小說中，並沒有非人的存在會說話、死人重新回來這種超自然的事件。只是在敘述一個經歷過失敗的普通人物的故事。襄美開了一家小菜店，經營一年多之後申請歇業，她將這個失敗全都歸因於自己的錯誤。「再這樣下去，店面可能會倒閉。」襄美雖然曾經這麼想過，卻「對於這件事會實際發生沒什麼真實感」。她認為這就是自己會失敗的原因。襄美用「完全不具備現實感」來說明自己的狀態。我們從這個段落中再次發現，正如前述所說明的那般，李有梨小說中的幻想確實已經完全跨越到「我」的領域當中，雖然本篇小說中的「幻想」和之前分析過的幾篇小說在脈絡上有些許的不同。因為在沒有任何幻想性質的設計之下，人物正面肯定自己缺乏現實感，進而從旁佐證了世界與自我界線的模糊，而且主角也正提心吊膽地踩在那個界線之上。在實際申請歇業的幾個月前，在決定要歇業的時候，在售出設備的時候，就連在不用去店面上班的第一天「將臉埋入枕頭，在床上躺了許久的那個時刻」也是一樣。襄美都感受不到「店面已經倒閉」，只是一直發呆。幻想不僅僅屬於超自然世界的範疇。迴避再真確不過的現實，撇過頭不看，也是另一種防衛機制造成的幻想。對這樣的襄美來說，道林川的蒼鷺和蒼鷺俱樂部成為了她的安慰。蒼鷺專注地捕魚的模樣真的很值得一看，不過在那樣的場景中，讓襄美細細思索的其實是蒼鷺面對失敗時不會沮喪的態度。甚至在獲得成功的時候，蒼鷺也沒有特別開心。對蒼鷺來說，最重要的就是「每次都努力瞄準、努力出擊」。熱衷於一起欣賞蒼鷺的蒼鷺俱樂部成員——江熙珍、金夏榮、沈同美——以蒼鷺的獵食行為來比喻襄美的失敗，安慰她「即使投入了全部的心力，還是會遇到不順利的事」，還跟她說襄美家的小菜很好吃。或許襄美需要的就是這樣的言語和心意。告訴她並不是倒閉了，而是一次「好看的失敗」，即使努力還是有做不到的事情，這種時候放手也沒關係。襄美在面對失敗時沒有真實感，所以一直像擁抱幻想的附屬品那樣留著剩餘的小菜食材。當她決定要將那些食材分享給其他三個人時，走回家的步伐是相當輕盈的。不用回頭看也知道，「她們都有好好跟上」，現在襄美正逐漸從失敗的位置上移開身軀。

想必不只有我在細細品嘗這個世界後，依然無法離開座位，繼續流下口水。在充滿黏稠苦澀滋味的現實上，包裹了一層夢幻的糖霜，那滋味太過香甜，即使已經知道那裡面是什麼樣的味道，卻還是連裡面的苦味都一起咀嚼嚥下。甜到刺痛，苦到發麻——品嘗這樣的滋味亦是閱讀小說的樂趣。另外，我對《Punch！青花菜的重擊》還有一點小小的期待，那就是希望這本書能夠化作香甜的興奮劑，讓對於赤裸裸地將「現在這裡」重現出來的韓國文學有沉痛感悟而略顯疲態的讀者，能重新愛上小說。如果有人需要一些樸實的安慰，希望《Punch！青花菜的重擊》能如同糖果般被遞到那個人的面前。或許那個人閱讀李有梨的小說後，會因為高糖效應（Sugar High）獲得閃耀發光的力量，而能往前邁開步伐。

作者的話

在很久之前，

我曾經從某個地方弄到一個很好看的掛鐘。我到處尋找適合掛的地方，最後在小房間的牆壁上發現一根空的釘子。那個位置非常剛好，我不禁詫異之前那裡怎麼會什麼東西都沒有掛。不過，要把時鐘掛上去並沒有想像中那麼容易。因為時鐘背後雪人模樣的孔洞非常的小，而釘子又比那個洞還更小。我把時鐘翻過來，確認孔洞的位置後又再次翻回正面，然後反覆將摸索出來的位置貼到牆壁上，但孔洞和釘子總是無法對上，一直弄不好。我把時鐘貼在牆壁上轉來轉去，費力弄了很久。後來在某個瞬間，在完全預料之外的位置（時鐘背後的孔洞開在比我想的更靠近時鐘中心的位置），釘子和孔洞完美吻合。自此之後，時鐘就像是從頭到尾都一起參與了這個房子的歷史那般，理所當然地掛在牆壁上。

我從剛剛踩著的椅子上下來，覺得這件事跟寫小說非常類似。在遙遠的未來，我如果發展得比預期的還要好，出版了一本書，就可以將這件事情寫在那本書的最後。我如此想著並將事情記錄下來，現在在這裡把它寫了出來。

二〇二一年秋天

李有梨

SM 40

Punch！青花菜的重擊：李有梨短篇小說集
브로콜리 펀치

作者：李有梨（이유리）
譯者：張雅眉
封面插畫：予臨
責任編輯：張晁銘
美術設計：簡廷昇
排版：蔡煒燁
法律顧問：董安丹律師、顧慕堯律師
出版：小異出版
台北市 105022 南京東路四段 25 號 11 樓
TEL：(02) 87123898　FAX：(02) 87123897
www.locuspublishing.com
發行：大塊文化出版股份有限公司
台北市 105022 南京東路四段 25 號 11 樓
讀者服務專線：0800-006689
TEL：(02) 87123898　FAX：(02) 87123897
郵撥帳號：18955675　戶名：大塊文化出版股份有限公司

總經銷：大和書報圖書股份有限公司
地址：新北市新莊區五工五路 2 號
TEL：(02) 89902588　FAX：(02) 22901658
初版一刷：2024 年 2 月
定價：新台幣 420 元

國家圖書館出版品預行編目 (CIP) 資料

Punch ！青花菜的重擊：李有梨短篇小說集 / 李有梨著；張雅眉譯. -- 初版. -- 臺北市：大塊文化出版股份有限公司, 2024.02
面；　公分. -- (小異；40)
譯自：브로콜리 펀치
ISBN 978-626-7388-28-0(平裝)

862.57　　112021504

Trans+

Trans+

Trans+

Trans+